Paul Gisi
Fulminantes Weltverständnis
Briefe an Ludwig, erstes Buch

Books on Demand

Bibliographische Information der Deutschen Nationalbibliothek: Die Deutsche Nationalbibliothek verzeichnet
diese Publikation in der deutschen Nationalbibliographie,
detaillierte bibliographische Daten sind im Internet über
http://dnb.dnb.de abrufbar.

© 2018 Autor: Paul Gisi
Umschlagbild und Bilder im Buchinnern
von Ludwig Weibel
Herstellung und Verlag:
BoD – Books on Demand, Norderstedt
ISBN 9783752813531

Paul Gisi

Fulminantes Weltverständnis

Inhalt

Vorwort

Mein ganzes Schreiben – meine Gedichte, Aphorismen, autobiografischen Notate, Zeitungskolumnen, Briefe – ist vesuvisch, das heisst, ich speie unter hohem Druck Rauch und Feuer aus, anschliessend bin ich eine Zeitlang erloschen.

Als ich meine Briefe an Ludwig schrieb, habe ich niemals auch nur einen aufflackernden Augenblick daran gedacht, dass sie publiziert werden könnten. Dass nun ein Grossteil davon vorliegt, erscheint mir wie ein Wunder, Ludwig hat hiefür die Initiative ergriffen, auf die ich mit Freude, ja grenzenloser Überraschung eintrat.

Mein ganzes Leben lang habe ich Wesentliches und Unwesentliches an Gedanken, Gefühlen, Meinungen, Bejahungen und Ablehnungen in Briefen festgehalten, in den letzten fünfzig Jahren sind es über zwanzigtausend; dass diese weitgehend Makulatur werden, ist mir sorgenfrei klar, ficht mich nicht an, denn ich bin kein Dokumentarist, kein Archivar meines Lebens. Doch die Briefe an Ludwig sind mir in meinem alternden Leben existenziell wichtig geworden.

In der Zeit zwischen Oktober 2009 und März 2018 schrieb ich Ludwig über 1350 Briefe, wie sie mir durch den Kopf schossen, kribblig aufwühlten: spontan, rübezahlhaft, krautartig, wohlkomponiert, gargekocht, verwildert roh: es waren Balanceversuche des Augenblicks, ein Spagat der Nacht. Dass bei dieser Kompositionstechnik, besser: bei diesem Tohuwabohu einzelne Wiederholungen aufgetreten sein mögen, liess sich nicht gänzlich vermeiden. Ein Riff (eine Felsenklippe, eine Sandbank) wiederholt sich auch immer wieder und ist doch stets neu; in diesem Sinn hoffe ich, dass der Leser dieser Briefe mild über mich urteilen möge und viele Überraschungen erlebe, dass diese Wortfarbakkorde nachhallend wirken, als Lesegenuss, in Einverständnis und Widerspruch.

Paul Gisi

Ausbruch aus dem Tusculum

11.10.2009

Lieber Ludwig,

ich danke Dir für Dein Grüsschen. Deinen Text werde ich ausdrucken und heute Abend in meinem Tusculum lesen. Von meinen intensiven Höhlenerlebnissen wieder in diese seichte Luft zu schliddern, löst bei mir Weltschmerz aus (darüber, wie man das Leben mit Unwichtigkeiten verschleudern muss).
Hab ein paar wenige, sehr intensive Gedichte geschrieben – war halt auch wiederum liebesaufgewühlt

Meine kürzlich erschienene Brosmete „Der freie Fall" schicke ich Dir per Post.
Versuchte, in den Ferien mein Auto für 50 Franken zu verkaufen, brachte es nicht ab – wird als Schrottauto eingestuft. Nun mache ich in der „Fundgrube" ein Gratisinserat, dass man es gratis abholen kann. Müsste ich es abholen lassen und Schrottprämie zahlen, könnte mir das teuer zu stehen kommen. Es eilt nicht – doch wie bringe ich mein Auto ohne Kosten weg? Ich habe jetzt ein „Ostwind"-Abo (Fr. 129.- pro Monat), muss mich jetzt an dieses Unflexiblere gewöhnen.
Ich bin glücklich, dass Du mein Weggefährte bist, mir immer wieder helfend zur Seite stehst. Manchmal friere ich, wenn ich mich so verloren im Kosmos fühle …
Ich wünsche Dir herzlich eine schöne Zeit, Dein Paul

29.10.2009

Lieber Ludwig,

mich freut riesig, dass Dir meine neusten Gedichte gefallen. Habe wirklich etwas „Aufschwung" bekommen.

Leider ist's mit der Vermieterin hier in Staad zum riesigen Eklat gekommen. Nachdem sie meine Wäsche kontrolliert hat (sie befürchtete, weil ich in den Ferien so viel hatte, wasche ich noch für andere …), wollte sie jetzt verbieten, dass mein Kätzchen nach sieben Uhr abends noch auf der Terrasse ist. Maunzli kommt immer in die Wohnung zurück, es kann jedoch acht oder neun Uhr werden; zudem verbot sie mir, z. B. nachts noch auf die Terrasse zu gehen, um meine Pfeife zu rauchen. Da riss es mir den Geduldsfaden und ich schrie sie an, „verargumentierte" sie ungespitzt in den Boden. Diese Belästigungen dieser bösartigen, falschen, verlogenen, giftzüngelnden Generalin muss ich niemals mehr „einsacken". Ich habe absolut endgültig genug!!!!!!!! Ich bin sehr still im Hause, rücksichtsvoll usw., und dann diese Anrempelungen und absurden Befehle und Einschränkungsversuche. Dieses primitive händelsüchtige Weib sollte man in eine Alterspsychiatrie stecken.
(Am liebsten würde ich sie totschlagen, sorry, ich denke so – mach's natürlich nicht.)
Diese Furie wird mich niemals in Ruhe lassen – mein Schritt zur Polizei ist nahe …: Mobbingversuche, Belästigungen, Vertragsbruch, irrsinnige Behauptungen und Befehle, die vom Wahn dirigiert sind usw.
Na, bin gespannt, wie's weitergeht.
Dir wünsche ich alles Gute, Paul

1.11.2009
Lieber Ludwig,

bei diesem schönen Sonnenwetter klempere ich im Stollen. Geniesse Du die Sonne also auch noch für mich.

Gestern Nacht schrieb ich nochmals ein paar „Vögelchen"-Liebesgedichte – doch ich weiss, wegen dem Eklat mit meiner Vermieterin wird mein lyrisches Schreiben wiederum für ein paar Wochen verschüttet sein …
Vielleicht sind meine neusten Gedichte zu wenig dicht und zu wenig kühn im Bilderausgreifen? Werde sie sehr eingehend prüfen und notfalls „therapieren".
Härzzligg grüeszestens – Paulinho

16.11.2009

Lieber Ludwig,

wie geht es Dir? Fast mache ich mich etwas Sorgen um Dich, weil ich sooo (?) lange nichts mehr von Dir hörte.

Ich sammle nun meine „Vögelchen"-Liebesgedichte; das sieht so aus: der neuste Lyrikband, an dem ich meissle, heisst „Bei den Windmühlen hinter den Schwarzen Löchern", Kapitel I: „Die Amöbe umarmt den Quasar", Kapitel II: „Vögelchen mein Vögelchen", für Kapitel III habe ich noch keinen Titel (und erst zwei, drei Gedichte).
Gleichzeitig arbeite ich an meinem elften „Sätze"-Band, er heisst: „Die Farben der vorläufigen Wahrheiten oder Rausch der Dämonen".
Und meine Liebesgedichte aus fünfzehn Jahren (etwa 200 Gedichte schätze ich / ich weiss es nicht, zählte sie nicht) – Titel: „Auf deinen Fingerbeeren tanzt das Weltall" – die ich längst sammelte, möchte ich ringheften lassen – diese drei „Sachen" (zwei Lyrikbände und ein Sätzeband) liegen mir sehr am Herzen, sind für mein Werk (für eine Steigerung meines Werks in der Bildhaftigkeit und Kompromisslosigkeit) existenziell wichtig …

Ich freue mich riesig, wenn ich bald wieder etwas von Dir hören darf.
Herzlichst grüsst Dein Paul

14.3.2010

Lieber Ludwig,

herzlichen Dank für Deine Aufmunterung. Ich glaube auch, das die Kraft des positiven Denkens eine reale Macht darstellt, doch manchmal bin ich halt auch vom „Negativen" umlauert … Jetzt habe ich vier Wochen eine 6-Tage-Arbeitswoche, pro Tag muss ich für Arbeit, Mittagspause und Arbeitsweg elf Stunden einsetzen, dann brauche ich bei dieser enormen Belastung acht Stunden Schlaf, das heisst also: 19 Stunden! Da verbleiben mir abzüglich Nachtessenkochen, Essen, Geschirrmachen noch etwa drei Stunden für mich – für Lektüre, Schreiben, Musik hören, Pfeife rauchen … oder einfach schier erschöpft im Drehfauteuil hangen. Ich postuliere schon lange: Arbeit macht dumm, macht kaputt! Tötet den Künstler! All das ist ein Faktum und kann leider mit keinen positiven Gedanken wettgemacht werden. Und in diesem ganzen Chrampfen schaut für die Restfreizeit nichts mehr heraus: kein Geld, kein Auto, kein Restaurant, kein Film- oder Theaterbesuch, kein Konzertbesuch, kein Buchkauf, kein CD-Kauf. Keine notwendigen neuen Kleider. Wahrlich, das mache ich nicht mehr allzu lange mit! Da habe ich einfach genug vom kümmerlichen Leben – weil ich doch mehr, Geistigeres, Poetischeres will!
Wieso soll ich durchhalten? Nur um der Bank meine Schulden zurückzuzahlen? Der Vermieterin den Rachen zu stopfen? Den Staat noch feisser zu machen? Die Te-

lefongesellschaft noch reicher zu machen? In dieser verdummten kapitalistischen gnadenlosen Gesellschaft fühle ich mich nicht wohl! Mag nicht mal mehr Sri Aurobindo zu lesen, weil ich abends einfach zu erschöpft bin.

Doch wie es auch sei und wird, lieber Ludwig: Du hast mir schon sehr, sehr oft existenziell geholfen, dafür bleibe ich Dir unendlich dankbar – und auch Deinetwegen, damit Du von mir nicht zu sehr enttäuscht bist, versuche ich noch meine Trilogie abzuschliessen.

Ganz härzligg grüsst Dein Paul

26.3.2010

Brücke aus Feuer
Manifest über die Kunst

> *„Die Worte zogen an mir vorüber wie unbegreifliche, geschäftige Käfer in einer geheimnisvollen Welt."*
>
> *Roberto Bolaño*

Fragwürdigkeit eines Positionsbezugs. Unsere Zeit, unsere Gesellschaft ist zugemauert, geistlos, fantasielos. Lektoren stutzen auf eine sprachliche Trivialvereinheitlichung herunter, Auktionäre hecheln marktorientiert gewinngeil, Museen zelebrieren Bombast. Ausbeutung, Raubzüge allerorten. Rigorose Moralvorstellungen feiern ein Comeback, SMS-Kastrationen dominieren. Der lange, ozeanwellende Satz ist verpönt, schnallt doch niemand mehr. Kunst als Brot, als Brechmittel. Beides.

Fragmente von Fragmenten: Wasserkraftwerke in Sambia, Eichelhäher, Bücherverbrennung, Exekution, Vendetta, Klimaerwärmung, Zungenkuss, Götterdämmerung, Kathedrale von Rouen, Vermassung der Menschheit, Pulverisierung der Gedanken: die Kunst kann ALLES einbeziehen, alles ausschliessen. Es geht ums Feuer in der Steppe, in der Küche, im Gehirn.

„Monsieur, ich nehme ein Entrecôte, Eiernudeln an Morchelsauce, Broccoli", auch das kann Kunst sein im Kontext eines Kriminalromans.

Kunst ist beheimatet in sich selbst, in den Grenzüberschreitungen, im Grenzenlosen; ihre Farben sind individuell, expressiv, trunken dem Schweigen verfallen, quirlig kommunikativ. Im Zusammenfall der Entgegensetzungen von Lust und Leid, Liebe und Triebe, Tod und Auferstehung, Mathematik und Träumen brennt das Wort, das Bild, der Klang – wird der Schatten zur Figur.

Positionsbezüge bleiben fragwürdig, was aber nicht heisst, dass nicht eindeutig Position zu beziehen ist.

Satz und Gegensatz oder das Unausmessbare des Kleinen. Spiralgalaxien, Protuberanzen, Rotwein, Amöbe, Frauengesicht: der moderne Lyriker grüsst Po Chü-i (772 – 846) und seine „Lieder eines chinesischen Dichters und Trinkers". Zeiten verlagern sich, verschachteln sich, verketten sich neu. Vergangenheit stürzt in die Gegenwart. Planeten können mit Zahlen ausgemessen werden, das kleine Herz ist unausmessbar. Im Satz und im Gegensatz findet sich so etwas wie eine vorläufige Wahrheit, auf Widerruf, auf Abruf, auf Rückruf – auf Zuruf.

Luzid. Luziferisch. Vorbild, Abbild, Hinterbild, Unterbild, Querbild: Kunst liebt die Nähe zum Bildhaften. Spiegelungen von Spiegelungen. Ein Umherirren in der

Tiefe des Unterbewusstseins, ein Sichausruhen in den Höhen des Seins blitzen in sehr seltenen Fällen ins Bewusstsein auf, so darf Kunst auch sein; meistens aber meint Kunst ein Unbehaustsein, ein brennendes Labyrinth, eine existenzielle Obdachlosigkeit und sucht den Ausdruck des Nachtmahrischen, gar der Verzweiflung. Doch starke Gefühle sind heute tabuisiert, es muss alles cool sein, nachvollziehbar, durch die Masse verdünnt, abgekühlt, nivelliert. Doch: Erbauung hat nichts mit Kunst zu tun, Lebenshilfe gehört endgültig ins Verzwergte.

Der Engel als Dämon. Der Dämon als Dämon, ungeschminkt. „Nehmen sie die Perücke ab", so Chesterton.

Kunst versucht, das Böse einzuschränken; das Böse auszugrenzen ist nicht möglich.

Persönliche Wirrköpfigkeit des Künstlers. (Eine Charakteristik) Diplomatenbücklinge dürfen ruhig den seifigen Kulturfunktionären, den bedepperten Juroren, den einseitigen Professoren, den Salbadern und Honoratioren und den verlogenen Politikern überlassen werden. Das Gehirn des Künstlers ist eckig, kantig, schorfig. Eine Brandung. Ein Vulkanschlot. Ein Einsturztrichter. Ein Fieberherd. Ein granitenes Nein an einer Steilküste.

Das Ziel des Künstlers ist die Ziellosigkeit, der ultimative Kollaps, die Bankrotterklärung vor den Bestsellern und den Boulevardweisheiten. Über die geschliffenen, sensationsstrukturierten Events hohnlacht er. Sicherheiten entsorgt er. Zynismen pflegt er.

Er hält innige Zwiesprache mit der Küchenschabe, schreibt Liebesbriefe an den Borstenwurm, das närrische Lachen des Entwurzelten befreit ihn. Den Massentourismus möchte er sprengen. Die Idylle vergiften. Staatspräsidenten verhaften.

Die Nacht ist nicht da, um zu schlafen, sondern um den Orinoco oder den Yangtsekiang zu befahren, sich in den Cordilleren zu verlieren, in Marseille zu einer Nutte zu gehen, in Hyderabad Mönchsschriften zu lesen. Die Nacht ist da, um zu wachen. Um zu lieben. Um die Welt in Brand zu setzen. Die Friedhofskälte ist nahe genug. Es gilt, Verwüstungen zu vermehren. Das Höllentor zu durchschreiten. Im Labyrinth zu schreien. ZU SCHREIEN, ZU SCHREIEN!

Im Stundenwinkel der Gestirne. Brennend. Kunst zu konsumieren ist Sache des Spiessers, des Philisters, des Bildungsverbürgerlichten. Der Anruf des grossen Kunstwerks kommt aus dem Feuer im Innern der Erde. Von Sonnenbränden des Weltalls. Wer es gemässigter möchte, soll Comics-Sprechblasen lesen, Zeitschriften durchblättern.

KUNST IST LIEBE. Eine Lustraserei, ungebändigt. Ein Brand des Herzens, ein Feuer der Nacht. Es gibt kein rettendes Ausruhen. Nur Flucht – Flucht in sich selbst hinein, in die Feuerströme. In die Verlorenheit. In tausendundeine Lustbarkeitsqualen. Ins Niemandsland der Einsamkeit.

Wie wieseln sie doch scharenweise umher, die Künstler als Zuckerbäcker, Operettenliebhaber, Marzipanfresser, Onkelundtantenschwachköpfige, Gedankenkurzsichtige, Charakterverzitterte, als labile Debile. Das Elementare verkommt zur Puppenhaftigkeit. Das sich ins Unendliche ausdehnende Weltall findet Platz in Paragraphen, im Fingerhut der Vernunft. Derweilen ächzt es in den arthritischen Gelenken Gottes, schreit es im Stundenwinkel der Gestirne. Die interplanetare Materie ächzt, das letzte grosse Atoll vergammelt, in der Sorbonne wuchert der Schimmelpilz, die Wasserdrachen verrecken. Alles zur Ehre des Geldes. Für den Ruhm des Menschen.

Kausalitäten, Dualitäten, Syllogismen sind etwas für Stümper. Die Welt hat keinen Grund, keine Grenzen, keinen roten Faden. Alles ist nur eine Sekunde des Widerrufs. Wohnhaft in der Ortlosigkeit.
Die Welt brennt. Doch fern bimmelt ein Glöcklein. Ich will es suchen – über die Brücke aus Feuer. Und das ist Kunst.   *Paul Gisi*

13.4.2010

Lieber Ludwig,

ich versuche, positiv zu denken, vielleicht kommt mir das Persephone-Mythos zu Hilfe, oder mineralische, weltenwerdende, bewusstseinsseelische, seraphische, ahrimanische, michaelische Kräfte spülen mich an einen rettenden Strand? – Nun, Du siehst, ich habe Rudolf Steiner gelesen; ja, alles, was Du mir schicktest, habe ich gestern Abend in meinem Drehfauteuil bei Schubert-Quartetten, meiner demokritischen Pfeife, einem Schluck zungenkräuselnden Montepulciano d'Abruzzo gelesen – dadurch wurde ich zu vielen, zu sehr vielen Ideen inspiriert. Wenn ich bei Steiner lese: „"Tiere (…) sind keine Erdenwesen" beginne ich natürlich wie ein Meteor zu glühen; auch seine alleinseligmachende Lehrmeinung mag ich nicht: „Das Mysterium von Golgotha ist das *einmalige* grösste Ereignis innerhalb der Menschheits-Entwickelung." – Da denken Milliarden von Menschen anders. Und sein Stil ist oft raunend anstatt präzis: „Die Vergangenheit Schatten werfend, die Zukunft Wirklichkeitskeime enthaltend, begegnen sich in der menschlichen Wesenheit." Ist das Deutsch? Tönt fast wie eine verunglückte Übersetzung; kein Deutschlehrer, Lektor oder Korrektor würde diesen schlagseitigen Satz durchgehen lassen dürfen. – Doch das letzte Kapitelchen

„Was ist die Erde in Wirklichkeit im Makrokosmos?" gefällt mir am besten, z. B.: „In die mineralische Grundlage der Erde sind die andern Reiche, das Pflanzen- und das Tierreich, eingebettet." (Da lässt Novalis grüssen.) – Besonders am Anfang der ausgedruckten Seiten gibt es viele (zu viele) Zitate: Die eklektizistische Natur von Rudolf Steiner springt ins Auge.

Und Du kennst mich, ich könnte über diesen Auszug von Rudolf Steiner einen langen Brief schreiben … (doch mein Drucker zuhause ist im Eimer).

Dieses Mail schrieb ich spontan während meiner Arbeitszeit – nun muss ich aber wieder seriös ran an die Korrekturarbeiten.

Ich wünsche Dir einen schönen Tag, herzlich grüsst
Dein Paul

21.5.2010
Rezension

"Verwandelt sind die Dinge deines Lebens"

„Das Unaussprechliche ist gegenwärtig in den eignen Tiefen." Der Gossauer Elektro-Ingenieur, Textilfabrikant, Poet und Philosoph Ludwig Weibel publizierte zwei wichtige Prosawerke.

PAUL GISI

Gossau. Wie gut, dass es in der saisonal sich überstürzenden Buchhektik noch erratische Blöcke gibt: Ludwig Weibels seinsphilosophische Werke finden

nichts ihresgleichen – als Weg der „Erkenntnis, dargelegt als Schreiten zur Glückseligkeit".

Die innere Textur aller Werke von Ludwig Weibel ist das Sein; frühere Werke hiessen „Poesie des Seins" und „Glückselig im Sein". Nun sind zwei weitere Prosawerke von Weibel im Focus-Verlag, Giessen (Deutschland), erschienen: „Liebe und Sein" und „Seinsgewissen".

„Liebe und Sein"

Faszinierend, wie Ludwig Weibel eine Sprache schreibt in einer Balance, die fein ziseliert ist und harmonisch quirlständig aufblühend, manchmal auch wie in Stein gehauen, doch immer von einem inneren feurigen Rhythmus kündend, ansprechend elegant und exquisit formuliert; man spürt aber auch das gewaltige unterirdische Strömen des Lebens, des aufsteigenden Seins; ein Sein, im Atem der Evolution gesehen, das unmöglich irren kann. „Wenn es still wird in den Seelengründen, öffnen sich die Tore zur Unendlichkeit."

Es darf ruhig gesagt werden, es gibt auch heute noch Mystik, Mystik im einfachen menschlichen Sinn von Erfahrung und Versenkung der Gedanken, der Seele in die Urgründe des Seins, als eine Schau in die Unendlichkeit, in das, was im vergänglichen Menschen ewig ist, als eine persönliche Wahrnehmung der Erde, des Menschen im Kosmos. Ludwig Weibels inspirierte Prosa zeugt wunderbar davon für all jene, die sich die Mühe nehmen, sich mit seinem Gedankenkosmos einzulassen.

„Seinsgewissen"

Dieses umfangreiche Prosabuch darf als Weibels vorläufiges Hauptwerk verstanden werden. Alles „was da kreucht und fleucht" in den Kräften der Evolution, des Seins, das sich transzendiert, kommt hier in einer umfassenden Schau des Lebens zur Sprache, das Kleinste immer im Bezug auf das Grösste. „Nur die Nacht enthüllt dir das brillante Funkeln ungezählter Sterne, die gar liebenswert mit ihrem Schein das himmlische Gewölbe zieren."

Weibel spricht eine weiche, sanfte, an die Dinge des Lebens anschmiegsame hochdifferenzierte Sprache, und wenn sich ein Zeitgenosse zuerst etwas befremdet fühlt von der poetischen Zeitlosigkeit der Bilder, so stellt sich sehr bald eine Beglückung ein beim Lesen dieser unbeirrbaren Sätze, die sich nicht scheuen, Wörter wie „hold", „das Weiselose", „Lauterkeit und Trautheit" einzusetzen. Der philosophisch gestelzte akademische Gestus fehlt glücklicherweise. „Bestimmung ist's, das Sein zu finden allseits", steht wie ein Wegweiser da.

„Ein Traum von Hoffnung ist es, dem Ich Wirklichkeit gewähr in unerschöpflichem Begehren, ein Wunscherfüllen, das Mein Inneres nach aussen kehrt und es zu Weltgebilden stilisiert von hehrer Pracht und seiender Gewissheit an sich selbst, die sich in Wesenhaftigkeit und Schönheit der Geburt verfluten."

Das ist die Sprache des Ekstatikers. Des Menschen, der innerlich brennt. Des Künstlers, der vom Sein ergriffen worden ist. Die kleinsten Lebensdinge sind zutiefst verbunden mit dem ganzen Weltensein.

Wer sich die Mühe nimmt, sich auf die gut vierhundert Seiten „Seinsgewissen" einzulassen, der gewinnt einen Weggefährten durchs ganze Leben.

Existenzielle Lebensbereicherung

In einem Gedicht in Weibels Lyrikbuch „Poesie des Seins" steht: „So *Bin Ich* / ohne Vorbehalt / zu lieben was // in Mir keimt, / von Werdelust / getragen im Äonenschritt / dahin." – Wem es gelingt, das zuerst vielleicht Befremdliche dieser Bildsprache aufzuschlüsseln, der wird reich beschenkt an Einsichten, der findet ein ganz neues Gefunkel in sich selbst, ausgelöst von Weibels geheimnisvollem Glühen. Jeder Satz ist wie eine Perle, doch ob sich die Muschel öffnet oder nicht, liegt beim Leser. „Wach und innig, weise und erhaben überschaue Ich Mein Ziel und lass es sich in Mir zur Seligkeit entfalten", steht in „Glückselig im Sein". Wahrlich, Weibels Bücher können tief beglückseligen.

Wie ein riesiger Weltenstrom

Wie ein riesiger Weltenstrom fliessen Weibels Sätze ins grosse Meer des Seins. Es ist keine enge Esoterik, die Weibel pflegt. Alles öffnet sich in das grosse Menschheitsbewusstsein. Da nähert sich Weibel Sri Aurobindo, dem grossen indischen Seinsphilosophen, oder auch Pierre Teilhard de Chardin in der Wahrnehmung auf dem Weg der kollektiven Bestimmung in Richtung eines grösseren Bewusstseins, als geistige Potenz des Irdischen, als Aufstieg des Lebens, dessen Endpunkt nichts anderes als Gott ist, als Eigenart und Gefährdung unserer Individualentwicklung in den vielseitigen Verflechtungen des modernen Soziallebens – doch bei Weibel ist alles glückselig schwereloser, inspirierter und poetischer.

Und Weibel streift immer wieder die Moral, und bei ihm ist Moral verstanden als eine menschheitsgesamte Grundhaltung voller Güte und des frei verantwortlichen Handelns auf ein letztes Lebensziel hin geordnet.

Weibels Sprache ist immer auch hymnisch, funkelnd wie ein Juwel; ein brennender Dornbusch, der selbst nicht verbrennt.

Ein grundgütiger, sehr sanfter Mensch ist kennen zu lernen in einem gigantischen Werk, das womöglich erst Jahrzehnte später so richtig erkannt wird.

1.6.2010

Lieber Ludwig,

die Pendelzeichnung ist wunderbar!

Es wäre wirklich schön, Du könntest öffentlich vorlesen: geht's in einer Zürcher Buchhandlung, die das Esoterik-Programm pflegt, nicht? – Oder beim Goetheanum in Dornach nachhaken?

Deine Mitteilung, dass Doris Haudenschild Lieder von Dir vortragen möchte, tönt in Deinem Mail auch sehr vage, leider noch nicht sicher konkret.

Nun, die „Rose" wird (ich ahne es resp. schätze dies ab) nicht zusagen – Du weisst, man kann diesen schönen Keller mieten (siehe Internet). Nur ist da das Problem: Kommen die Leute, wie den Anlass bekannt machen?

Hast Du Josef Osterwalder schon kontaktieren können in Bezug auf eine „Tagblatt"-Publikation meines Artikels über Dich?

Ich denke mir, am besten wäre immer noch eine Vorlesung in der Buchhandlung „Cavelti" in Gossau, da Du dort bekannt bist.

Ich muss leider schon etwas „prophezeien", dass mein Artikel – mag er auch gut sein? – folgenlos für den Buchabsatz sein wird. Die Materie ist einfach zu schwierig „fürs Volk". Am besten ist doch, unerschütterlich zu schreiben und zu publizieren, und ob das in dieser Gegenwart ankommt oder nicht, bedeutet nichts.

In der neuen Juni-Nummer der St. Galler Kulturzeitschrift „Saiten" ist ein halbseitiger Artikel über meine

„Windmühlen"-Liebesgedichte drin – unter dem Titel „In der Vergänglichkeit aufglühend". – Ich schicke ihn Dir in ein paar Tagen.

Ich wünsche Dir ganz herzlich eine schöne Zeit, allergrüssestens Dein Paul

8.9.2010

Lieber Ludwig,

wunderbare Post bekam ich von Dir! Hab die ersten zwanzig Seiten bereits gelesen: Dein gelassener und gleichzeitig hymnisch inspirierter Stil und Deine hohen Gedanken nehmen mit wie ein Strom, hin zum Sein. Es ist wiederum schwierig zu lesen, und ich spüre, Du bist der Menschheit um einige Jahrhunderte voraus … Dein mystisch inspiriertes und philosophisch-poetisches Denken griff auf mich über und ich „vernahm" eine kosmische Seinsweite, eingefaltet in das irdische Sein: es wurde mir froh, warm und weit ums Herz.

Ich freue mich auf heute Abend, dann lese ich den „Universensein"-Auszug zu Ende.

Ich wünsche Dir eine gute Zeit, herzlich grüsst Dein dankbarer Paul

10.9.2010

Lieber Ludwig,

habe gestern Abend den Auszug aus Deinem „Universensein" zu Ende gelesen: ich wurde atemlos vor Freude beim Erahnen der grössern Seinsräume, die Du da wunderbar auffaltest, in einer Sprache voller Perlen. Ich danke Dir herzlich.

Ich wünsche Dir ein gutes Wochenende, Dein Paul

12.9.2010

Eingeborgen
in der Hingabe Kassiopeias
zu einer blauen Muschel
im verlornen Meer
   der Nacht
dort singt die Schöpfung
lächeln die Augen
brennen die Lippen

dort rufst du
meinen Namen
wartest auf mich

Paul Gisi

Träume gegen den Wirklichkeitswahn

Ich glaube, es gibt keinen essentiellen Unterschied zwischen den Träumen und den Wirklichkeiten; die Grenzlinien zwischen den Träumen und den Wirklichkeiten sind ein gedanklicher Murks, eine stümperhafte Konstruktion von Menschen, die hohl das nachplappern, was schon lange vor ihnen geplappert wurde: eine geistlose lächerliche Kolportage; im Reich des Erlebens, der Wahrnehmung des Seins um uns herum ist eine Grenzlinie zwischen Traum und Wirklichkeit nicht haltbar. Brennende Wälder, stinkende Meere, der heroische Blick der Zebramuränen, Figurentanz der Wolken: Rede ich jetzt von Träumen oder von „realen" Beobachtungen? Ein Flug der Silbermöwe, eine närrische Beamtenherrenklasse, geifernde tanzende Kobolde, ein lebenslanges Treten an Ort: Was ordne ich den Träumen, was den Wirklichkeiten zu? In den Zwängen des Gelderwerbs menschlich verarmen, im Feuerofen der Angst verbrennen, im Atomschutzschild der Giganten sich sicher fühlen: Traum? Albtraum? Alltagswirklichkeit? Lächerlichkeitswirklichkeit? Die Lügen der Politiker, die Schreie der Gefolterten der Politiker, der Balsam eines Streichquartetts für zwei Violinen, eine Viola und ein Cello von Mozart, die Vereisung einer liebenden Beziehung, das Aufflammen in einer Umarmung, der leichtfüssige Tanz der Sehnsucht mit der Harmonie: Sind das Träume? Wirklichkeiten? Was wäre besser, leidenschaftlicher, bereichernder für den Menschen? Nach dem ersten Herzinfarkt sich wieder erschöpft nickend einreihen unter einen neurotischen Chef? Redete ich jetzt von Träumen, Albträumen oder von weitverbreiteten nackten Tatsachen?

So genannte Realisten lächeln über die Träume, tun die Träume verachtend weg; so genannte Träumer lächeln über den Wirklichkeitswahn der Realisten. Wer von den beiden hat das bessere, menschlichere Recht, die hiebundstichfesteren Argumentationsgründe auf seiner Seite?

Die Realitäten sind meist platter Alltagstrott – die Träume sind nicht dermassen kümmerlich beschränkt. Das Geschehene, das Verlorene, das Gesuchte formen sich in den Träumen zu kühnsten Verknüpfungen, zu unerwarteten Kombinationen – in reissenden Strömen, blendenden Blitzen zu raunenden Bedrohungen und bizarren expressiven Bildern: Träume sind unermesslich reicher an geheimnisvollen und offenbarenden Wirklichkeiten als die dumpfe, epigonale Wirklichkeit der Alltagsbanalitäten. Wirklichkeiten ohne Träume sind erbärmliche Schrumpfsäcke.

Ich liebe die Wirklichkeiten der Träume.

Paul Gisi

14.2.2012

LIEBER LUDWIG,

mit Wasserdrachen, Gelbkehlchen, Paul Klees Bildern, Gedichten und Tuschbildern des Zen-Meisters Sengai, Wolfgang Amadeus Mozarts „Missa Solemnis" (KV 337), allen Menschen, der Schönheit des Gesangs und des Seewellenmurmelns, mit dem Tanz des Windes, den unendlich vielen Sternbildern im Nachtgewölbe des Universums zu leben: du, ich bin leidenschaftlich atemlos ins Leben verliebt! Manchmal fasse ich es kaum, wenn mich die göttliche Fülle des Seins streift, nicht als abstraktes diffuses Gefühl, sondern in der mikro- und makrokosmisch erlebten wahrnehmenden Fülle der Schöpfung mit all ihren abermillionenfachen ganz einmaligen Lebensbedingungen. Wunder um Wunder brennen in mir, erfüllen mich in einer taumelnden nicht eingrenzbaren Begeisterung! Zutiefst ist das Leben Leidenschaft, Ekstase, Lust, LIEBE. Eine brennende Trunkenheit überfällt meine Seele, wenn ich versuche, Spitzkopfkugelfische, Laubheuschrecken, das Sternbild Füchschen, Gedichte von Vicente Aleixandre, die Architekturen, Skulpturen und Bilder von Le Corbusier, die weiten Romanströme von Thomas Wolfe, mein geliebtes Kätzchen Maunzli, das Wanderleben des Sophisten Protagoras von Abdera, russische Mönchsgesänge, Johannes vom Kreuz, unscheinbare Kieselsteine, Auguste Rodins Skulpturen, Rainer Maria Rilkes „Sonette an Orpheus" zu umarmen. Farben, Formen, Klänge, Wortwucherungen, Schraffierungen, Erhellungen, Verdunkelungen: das Leben ist ein Fest, ich trinke es stürmisch! Ich weine vor Freude beim Betrachten einer Tropfsteinhöhle einer feingliedrigen Hand, eines Windmühlenatems, bin glücklich über die ungestüme Brandung eines nackten Körpers, über die Wanderdüne einer Zuneigung, den Blütenzweig eines Arms, stürze mich in den Traum einer Wolfsbeere, singe im lasziven Tanz. Manchmal weiss ich nicht mehr, wo mir der Kopf steht, ich möchte einfach weinen, lachen, trinken, singen, tanzen, umarmen, umarmt werden. Ich habe eine dithyrambische, dionysische, anachronistisch-anachoretische Natur (doch Werner Heisenbergs Unschärferelationen und Quantentheorien sowie Ludwig Wittgensteins „Tractatus logicophilosophicus" sind mir nicht ganz fremd). Wie es auch sei, als kleiner Strudelwurmlyriker lasse ich DIE WELTEN in mich einstürzen, ich mag das.

Was gäbe es Schöneres, als den Wind in der Hand, in den Augen, auf der Stirn, im Wort, in einer Beziehung? Der Wind ist da, wenn man sich ihm aussetzt. Das schafft einen grossen Raum, besser: fächert das Raumlose auf. Der Wind ist das Besitzlose, Niemalsbesitzenkönnen; ich liebe die „beständige Flüchtigkeit" des Winds; Wind ist Lebensatem, Blättergeraschel, Wellentanz, Wolkenfantasie, Lichtgesang, Nachtflüstern, ein kalter Sturzwind, ein heisser Wüstenwind: WIND IST LEBEN. Man weiss nur ungefähr, von woher der Wind kommt, man kennt nicht, wohin er hinzieht; der Wind ist in sich ziellos, absichtslos, man kennt die Stunde seines Erscheinens, seines Verschwindens nicht – er ist einfach da (oder dann nicht da). Etwas wie die Liebe.

Seit Oktober des letzten Jahres habe ich nichts mehr (für mein Werk) geschrieben, und es wird wohl gewiss lange dauern, bis ich wieder schreibe; das ist gut so! Ich erlebe zurzeit immer wieder ekstatische Liebeslusttaumelleidenschaften, doch ich habe die Worte, die Bilder, die Formen, die Klänge, um davon adäquat, aufschäumend zu singen, noch nicht ... Ich bin ein Stümper, es fehlen mir die notwendigen, entsprechenden Farben. Ich nehme diese schöpferische Pause gelassen (zuversichtlich). Nur wenn es mir gelingt, NEUE Liebesgedichte zu schreiben, bestehe ich vor mir. Ich bin in einer Verpuppungsphase, „erträume" einen Quantensprung; es muss „Neues" her! Ich bin neugierig gespannt, wohin mich diese Verpurzelungen führen werden, ich taxiere es als ein existenzielles Geschenk, dass ich offen für vieles geworden bin in einer Freiheit, in der ich auch vieles ablehnen kann, darf. Wer schöpferisch ist, kann dies nur auf der evidenten Basis der Freiheit – hin zu einer „Fruchtbarkeit" der Wahrheitsmöglichkeit der individuellen Wahrnehmungen der vielfältigsten Schöpfungen (Geschöpfe) des Seins, des Werdens. Meine Verpuppung kann sich nur zum EINFACHEN entwickeln (verbunden in der absoluten Komplexität). Da fühle ich mich wie neugeboren, erst am Anfang ...! In meiner körperlich alternden, feststellbar zunehmenden Müdigkeit entwickelt sich eine sinnliche geist-seelische Quirligkeit, von der ich gespannt bin, wohin sie mich führen wird.

Ich habe in diesen Tagen mein elftes „Sätze"-Bändchen **„Testament der Leidenschaft"** abgeschlossen, ich schmunzle: vermutlich echt „gisisch" (hat auch veritable Angriffe ....); es ist mein Opus 90 (es wird vor Dir nicht bestehen).

Für die Prosa, so sehe ich, muss und will ich die Wortschatzfülle etwas herunterfahren, einfacher werden.

Ich denke mir, dass die FANTASIE ein Ur-Element für die Kunst ist. Ich habe vier Jahrzehnte mich mit Philosophie beschäftigt – und weiss nicht, was sie ist; oftmals darbt die Philosophie daran, dass sie zu wenig fantasieeingefärbt ist, dass sie zu begrifflich, zu systematisch sich gebärdet. Doch auch in der Philosophie gelte es doch, davon zu reden, zu hinterfragen, was man SIEHT, und das hiesse, *Bilder* der Überlegungen, der Wahrnehmungen zu finden, „sinnlich anschaulich" zu sein. Philosophen produzieren vielfach eitle Spreu. Wichtiger, humaner wäre, ein weinendes Kind zu trösten, einem verzweifelten Menschen die Hand zu halten, ein verängstigtes Tierchen aufzunehmen, mit einem fröhlichen Menschen zu tanzen. Ich muss mit mir existenzielle Retraite halten, um weiterzusehen ... Manchmal fühle ich den Puls eines Menschen, eines kleinen erschöpften Geschöpfes in mir, und das ist grosse Beglückung, Bereicherung, das ist viel! Das hat mit Liebe zu tun – mit Liebe zum Sein. Davon möchte ich singen – doch wie?

Lieber Ludwig, Du hast mir wiederum existenziell geholfen, ich danke Dir von ganzem Herzen; mein Leben ist (finanziell gesehen) äusserst knapp bemessen, zwei, drei Einkäufe, und hundert Franken sind weg. Und wenn da noch ein neues Buch dazu kommt (was ich unbedingt brauche!) und ein Medikament und drei, vier Znünis, sind wiederum hundert Franken weg. Für die Heizungsabrechnung musste ich 230 Franken hinlegen, für Tierarztkosten erneut 120 Franken, ein neuer Opern-CD-Kauf liegt nicht mehr drin, das Bahn-Abonnement steigt und steigt, verdammt, die Lebenshaltungskosten sind bei uns gestört hoch. Der Kapitalismus frisst skrupellos den untern Mittelstand, peitscht ihn in die Verarmung, macht mich zu einem armen Hund! All das stimmt mich nicht zuversichtlich, auch wenn ich mir allergrösste Mühe gebe, mich nach der Decke zu strecken, mein eher schlechter Lohn ist, real gesehen, da er jahrelang nicht mal der Teuerung nach stieg, in den letzten sechs, sieben Jahren gesunken. Was Reallohnerhöhung ist, weiss ich nicht – das geht bei mir einfach schnöd vorbei. Wenn ich nicht jeden Franken vier-, fünfmal umdrehe, bin ich verloren. (Ich konnte mir zum Beispiel seit über zwanzig Jahren keine Ferien mehr leisten.) Wenn ich die Schulden zurückgezahlt haben werde, bin ich pensioniert und würge weiter mit der nicht lebenssichernden AHV und der Pensionskasse (wo ich 140 000 Franken verloren habe für mein absurdes Abenteuer des Hauskaufs in Lutzenberg; viel gibt es also nicht mehr).

Na, da schreibe ich jetzt aber arg fantasielos. Ich liebe es, in meinen Träumen, Wolkenkuckucksheimen zu leben, versponnen in mir selbst, in meinen ekstatischen Liebesbeziehungen, doch mit meiner Restvernunft sehe ich die „stumpfsinnige" Realität ungeschminkt so, wie sie ist. Und das ist bedrohlich ... Dass ich meine „Kunst" nicht voll leben kann, sondern mich mit den Kalamitäten des Lebenserwerbs herumschlagen muss, ohne jemals auf einen grünen Zeig zu kommen, belämmert mich sehr, macht mich schier k.o.

Nebenbei: ich trinke nur noch selten Wein, und wenn ja, kaufe ich einen billigen für drei, vier Franken; seit vielen Jahren habe ich mir keinen Cognac mehr gekauft; das Pfeifenrauchen wird mir auch nachgerade zum Luxus, den ich mir bald nicht leisten kann. – Nun, das ist kein allzu grosses Problem, doch vierzig Stunden und mehr in einer Provinzdruckerei, bei einer auffallend rüden geistlosen Provinzzeitung zu rackern, und sich kein Auto, keine Restaurantbesuche leisten zu können, geschweige denn Opernbesuche, bleibt sehr, sehr happig.

Du, lieber Ludwig, ich maile Dir diesen Brief, Du kannst ihn Dir bestimmt ausdrucken; ich habe zurzeit keine Kuverts, keine Briefmarke, ich muss wie ein Idiot sparen.

Du wirst es gewiss verstehen, dass ich Dir meine wackligen Briefzeilen digital sende, es geht ja auch so, ja?

Und dann lese ich in Deinem „Universensein", wo sich mir eine ganz andere Welt auftut: ich danke Dir dafür.

Liebster Ludwig, ich danke Dir nochmals ganz herzlich für deine Hilfe, ich fühle mich völlig zerknirscht. Leider habe ich keinen Zopf wie Graf Münchhausen, um mich an dem aus dem Sumpf zu ziehen; dafür liebe ich Don Quichotte, der seinen klapperdürren Gaul sattelt und mit einer Lanze wutschnaubend auf eine Windmühle losstürmt: wie herrlich! (Manchmal muss man kämpfen, auch wenn es „nur" Windmühlen sind.)

Ich wünsche Dir, tief dankend, nur Schönes, Gutes, Seinsnahes, Dein Paul

Lieber Ludwig,

übernächste Woche habe ich Ferien, werde mir nichts leisten können – ausser dem unumgänglichen Coiffeur (sehe wie ein Heubesen aus). Nun, zutiefst bin ich fast ein Trappistenmönch und kann mit Einschränkungen umgehen. Doch Sorgen macht mir, weil ich seit über zehn Jahren keine Kleider mehr kaufte, der kommende Winter, denn ich habe keine Winterschuhe, bekomme bei den alten nasse Füsse. Zudem ist meine Wolljacke (fünfzehn Jahre alt) arg am Zerfransen und bös abgeschabt. Möchte mir einen warmen Pullover (oder eine Wolljacke) kaufen, weil ich ja fast dauernd friere. Doch zurzeit ist mir diese Anschaffung nicht möglich. Werde jetzt jeden Monat 60 Franken zur Seite legen … Nur: Wenn mein Abo bezahlt ist, habe ich noch knapp 1000 Franken pro Monat, und damit muss ich Handy- und

Stromkosten erst noch bezahlen (dies übernahm die Kanzlei nicht in ihr Budget), das heisst also pro Monat knapp 800 Franken (das sind 200 pro Woche und 28 Franken pro Tag – und das für Katzennahrung, Hygiene, Essen, Trinken, Tabak). Du siehst, die Armut beginnt mich zu packen. Und ich arbeite voll – bin Lyriker: gehe vor die Hunde!

Beschämt frage ich: Kannst Du mir nochmals etwas nach Deinem Ermessen aufs Postkonto überweisen? Ich verspreche Dir, das wird meine letzte Anfrage sein (sonst will ich im Boden verschwinden!). Die „Sache" mit der Kanzlei muss und wird zum Tragen kommen.

Verzeih mir, bitte!

Ich wünsche Dir ein gutes Wochenende, Dein Paul

                            *

Du hast sie vergessen
die Steinwurzeln
in dir
wenn die Schatten
schweigen
der Vogel
die Sonne verdunkelt

es gibt sie
die Traumfenster
von dir zu mir
hinter den Lidern
der Hoffnung
im Gespinst des Atems

                            pg

Die Heisenbergsche
Unsicherheitsrelation

5.6.2012

Die Abschiedsvorlesung

Der grosse Vorlesesaal der Universität war weit über alle
Sitzplätze besetzt, auf der Mittel- und auf den Seitentrep-
pen sassen unüberschaubar viele Menschen, an den
Wänden standen sie zu Hunderten gedrängt, sie alle kamen zur Abschiedsvorlesung des berühmten Professors;
es herrschte Totenstille in diesem überhitzten Saal, als
er, der weltbekannte, weltweit gefeierte Germanistik-
und Philosophieprofessor eintrat, Siegfried O. von
Baberspeck. Baberspeck sprach vierzehn Sprachen,
publizierte in fünf Sprachen, an allen Eliteuniversitäten
der Welt hat er Gastvorlesungen gehalten. Er hatte ein
enzyklopädisches Wissen, seine Schlagfertigkeit war ge-
fürchtet. Bei den grossen zeitströmenden Disputen zu
Welt, Literatur und Philosophie, zu den umfassenden
Weltwahrnehmungen in den Brechungen der Politik war
Siegfried O. von Baberspeck eloquenter Wortführer.

Und heute, die Stille klirrte in der zum Zerreissen
gespannten Vorlesehalle mit den Tausenden von Zuhö-
rern, trat Professor O. von Baberspeck ans Rednerpult,
locker, gelöst, ohne Krawatte, ohne Manuskript. „Meine
herzlich lieben Damen und Herren", begann er – und
musste lachen, schallend lachen. „Ich weiss nicht, warum Sie gekommen sind, ich weiss nicht, was Sie hören
möchten, eigentlich weiss ich gar nicht, was ich sagen
möchte" und begann wieder zu lachen. „Verzeihen Sie
mir, ich weiss, mein Lachen ist gewiss ungebührlich,
fehl am Platz, vielleicht wollten Sie etwas hören über die
'Diskontinuität der Modernität'", und er schüttelte sich
vor Lachen, „vielleicht wollten Sie etwas hören über die
'Entpersönlichung in der Literatur seit Baudelaire' oder
über die 'Heisenbergsche Unsicherheitsrelation in der
Bedrohung der pervertierten Macht'", und das Lachen

7

schüttelte ihn. Ein Teil der Zuhörer fiel fast in Todes-
starre, ein anderer Teil wurde unruhig, räusperte sich,
scharrte mit den Füssen. „Meine herzlieben Damen und
Herren, verzeihen Sie mir nicht, dass ich lache, ich er-
muntere Sie auch zu lachen. Schauen wir uns um, was
sehen wir? Wichtigtuer, aufgeblasene Wichtlinge, eitle
Philosophieheroen, von Preisen überhäufte Grossschrift-
steller mit Aschengeschmack oder Goldflitterkram ...“,
und Baberspeck bog sich vor Lachen. „Am Ende meines
Lebens weiss ich wirklich nicht mehr, als ...“, und er
konnte nicht mehr reden vor Lachen, er lachte haltlos
prustend drauflos. Man vernahm noch, wie er sagte (es
war wie ein Gurgeln): „Nehmen Sie ihr Lachen ernst ...“,
und Tausende von Menschen lachten, und lachend verliess der alte berühmte Professor Siegfried O. von Baberspeck den Vorlesesaal.

5.6.2012

Die Antrittsvorlesung

Es waren knapp dreissig Studentinnen und Studenten im
kleinen Vorlesesaal versammelt, die alle schwatzten,
gähnten, Energy Drinks schlürften. Angekündigt war die
Antrittsvorlesung eines jungen Professors der Soziolo-
gie. Niels Lohenbruch, so hiess der junge unbekannte
Soziologieprofessor, betrat den Vorlesesaal, überflog die
kleine Zuhörerschar, die bei seinem Eintritt so tat, als
sähe sie ihn nicht. Es wurde munter weiter gestikuliert.
Niels Lohenbruch trat ans Rednerpult, öffnete einen
Energy Drink und trank. „Meine Damen, meine Herren,
ich entwickle heute in meiner Antrittsvorlesung meine
Aspekte aus der Analytischen Sozialpsychologie in em-
pirischen Untersuchungen zum Gesellschaftscharakter,
ausgehend von Erich Fromm, hinführend zu ...“ Niels
Lohenbruch runzelte die Stirn, da er bemerkte, dass

keine Studentin, kein Student ihm zuhörte. „Na, wartet nur, ihr Liebenswerten, ich fange anders an", dachte er und zog Kittel und Krawatte aus. Er drückte aufs Tonband, das er mitgenommen hatte – laute Hip-Hop-Musik schmetterte auf, und Niels Lohenbruch legte einen atemberaubenden Breakdance hin. Augenblicklich wurde es im Auditorium still, alle sahen gebannt dem jungen Soziologieprofessor zu, wie er auf dem Kopf rumwirbelte, Saltos vor- und rückwärts schlug, auf bloss einer Hand abgestützt rasende Pirouetten drehte. Drei Studenten kamen auf die Bühne und tanzten mit Lohenbruch wilde Breakdance-Figuren, eine Studentin gesellte sich zu ihnen, fiel in den Spagat, überschlug sich, tanzte furios. Als das Musikstück zu Ende war, begaben sich die Studentin und die drei Studenten wieder auf ihre Plätze, Niels Lohenbruch trat hinters Rednerpult und dozierte: „Die entscheidensten Probleme unserer Zeit im Sinn von Produktionsmitteln, um Erich Fromm zu zitieren, müssen neu fokussiert und definiert werden –", er drückte erneut aufs Tonband, ein dunkelkehliger Blues ertönte, „wir wollen zuerst miteinander tanzen, kommt!". Alle Studentinnen und Studenten und der junge Professor tanzten miteinander, in freien Figuren, einzeln und paarweise. Der junge Professor tanzte eng umschlungen mit einer Studentin.

Da öffnete sich die Türe und der Rektor der Universität trat in den Saal, er stockte, traute seinen Augen und Ohren nicht, sein Unterkiefer fiel herunter. „Kommen Sie", sprach ihn Niels Lohenbruch an, „tanzen Sie mit, es ist meine Antrittsvorlesung." Der Rektor verliess schnurstracks den Saal. Der Soziologieprofessor Niels Lohenbruch tanzte mit seinen Studentinnen und Studenten bis weit in die Nacht hinein, denn eine „Antrittsvorlesung" sollte nicht zu kurz sein.

Paul Gisi

LIEBER LUDWIG,

Letzthin war ich mit meiner Freundin Claudia Vamvas an der St. Galler Opernfestspielpremiere (auf dem Klosterplatz) von Hector Berlioz' „La damnation de Faust", es war ein wunderbares Erlebnis, ich bekam von der Firma zwei Billette geschenkt.

Du hast mir ein Foto von Buddha, den Du gekauft hast, geschickt: Du, wenn man ihn betrachtet, geschieht's wirklich, dass man in ein höheres Bewusstsein eintritt: fantastisch herrlich! Auf meinem Schreibtisch steht auch ein Buddha, ich schicke Dir ein MMS. (Links siehst Du Deine Bücher.)

Mein neuster Liebesgedichteband „Glutsturz in den Adern" wächst stetig; ich glaube, es sind in der Welt der Lyrik noch niemals ähnliche Gedichte geschrieben worden ... Und mein neuster „Sätze"-Band „Fuss fassen im Bodenlosen" entwickelt sich mehr und mehr zu Paukenschlägen ... Ich gehe nicht so weit zu sagen, diese beiden Opera werden zu meinem Schwanengesang, und doch: ich durfte mich noch „steigern" – nach meiner Verpuppung, nach meinem halbjährigen Schweigen, nach meinen zwei Satori-Erlebnissen, die ich verfluche, die ich segne, denn ausser Liebe ist mir nun eigentlich alles schal geworden.

Hier zuhause habe ich einen alten PC (geschenkt bekommen), ohne Internetzugang, doch ich kann nichts ausdrucken, was für mich ein haarsträubendes Malaise ist. Ich muss alles auf einen Stick kopieren und in der Bude ausdrucken.

In zwei Jahren bin ich pensioniert, wie es dann aussehen wird, steht in den Sternen. Ich habe kategorische Rückzugstendenzen, sehne mich nach einem (fast) mönchischen Zustand: ohne Zeitung, ohne PC, ohne Radio – nur mit meinen Büchern und meinen Manuskripten und den Belcantooopern. Doch aus allerlei zwingenden Gründen muss ich dann zügeln, will auch meine ca. 3000 Bücher, die zurzeit in Schachteln in meiner Garage vor sich hin dämmern, wieder bei mir; wie das finanziell möglich wird, bleibt vorerst ein Rätsel. Zutiefst entdecke ich in mir eine Gelassenheit, die von vielem absehen kann ...

Alors, ich arbeite zurzeit unverdrossen an meinem Opus 91 und 92, das gehört einfach zu meinem Atmen! Die Schweizerische Nationalbibliothek in Bern hat längst meine Werke und einige umfangreiche Briefkonvolute archiviert, das ist mir Sicherheit genug. Mir liegt nicht daran, bekannt zu werden, über den Ruhm hohnlache ich, ich lebe einfach, wie ich lebe. Bald kopiere ich das grössere Konvolut meiner Briefe an den Lyriker Felix Güntert alias rhino c. rastlos im Tessin und schicke es der Nationalbibliothek; meine paar hundert Briefseiten an Claudia Vamvas sind auch schon dort. Ich habe es längst aufgegeben, im grössern Rahmen zu publizieren, doch das ist für mich absolut kein Trübnis, im Gegenteil: eine Erleichterung! Für meine vielen Tausende von Briefseiten bedingte ich mir ein Publikationsverbot aus bis 17. Juli 2049, meinem hundertsten Geburtstag!

Wenn ich sang- und klanglos im Orkus verschwinde, so macht das auch nichts. Ich lebe JETZT! Meine Liebesgedichte teilen hoffentlich etwas mit, wie haltlos ich verliebt bin, wie masslos leidenschaftlich, liebeslusttaumelnd ich liebe – was will ich mehr? Eine knappe Handvoll wunderbarer Menschen in meinem engsten Bekanntenkreis mag, was ich schreibe, das beglückt mich vollkommen. Fürs Literatengeschäft habe ich nur Spott übrig.

Rund um mich sind alle Menschen so *erwachsen*, ich bin verblüfft, sie sind so vernünftig, so schlau, so erwerbsgierig, so politisch engagiert, so gefühlsfern, so ausgerichtet und eingerichtet in den Hohlformen der

Sinnlosigkeit, der Oberflächlichkeit, sie sind eins geworden mit den Plattitüden der Dummheit, der Moden, der Sensationsgeilheit, für mich ein Graus! Ich leide immer noch, weil Maunzli starb, bin beglückt, wenn mir nachts mein Freund Tim telefoniert ... (Vermutlich habe ich noch Kindliches in mir, wie ich der Welt begegne.)

Die Welt kann nach Rilkes „Aufzeichnungen des Malte Laurids Brigge" und nach Kafkas „Schloss" und „Strafkolonie" nicht so tun, als gäbe es diese *weltverändernden* Kunstwerke nicht!

Lieber Ludwig, ich habe heute Nacht keinen grossen Schreibatem, verzeih mir, ich arbeite seit Wochen in einer Sechstagearbeitswoche für diese Provinzzeitung und -druckerei, zu einem Hundelohn wohlverstanden! Ich bin recht müde geworden, sehne mich nach meinen Ferien! Ich überlege mir ernsthaft, ob ich das Brosmete-Schreiben einstellen solle, es beginnt mich zu belasten.

Du bist wie mein grösserer, weltgewandterer Bruder. Manchmal bin ich so hoffnungslos. Letzthin hat meine Chefin, die Chefredaktorin Monika Egli, mir drei Fehler zornig aufs Pult geknallt, ich übersah zwei Kommafehler und eine Pluralform, mit dem schriftlichen Vermerk **„ziemlich lausig"**, mein sprachliches Knowhow wird nicht gesehen, nicht gewürdigt, ich werde wie ein schwachsinniger Unterstufenschüler behandelt. Ich sagte Monika, „ich bin nicht der Blitzableiter für deine Launen", kehrte mich um und ging. Es herrscht jetzt dicke Luft! Du ahnst nicht, Ludwig, wie ich in dieser pöbelhaften Provinzzeitung leide!

Na. Ob ich noch zwei Jahre in dieser Berufshölle auszuharren gewillt bin, wird sich erweisen.

Nun weiss ich nichts mehr zu schreiben. Verzeih mir.

Ich danke Dir für alles, für alles, ich denke so gut von Deinem schwierigen Werk!

Herzlich grüsst Dein Paul

Kleine Schreiblehre
für Journalisten I

Von einem, der schreibt, nimmt man an, er habe was zu sagen und er könne für das, was er mitzuteilen die Absicht habe, auch die richtigen Worte finden, die in einen vernünftigen Satz, der nicht von abgegriffenen Redewendungen trieft, verpackt werden.

1. Willst Du topmodern schreiben, verwende die unmöglichsten Superlative, schmeisse mit Wörtern wie "die megaheisseste Show aller Zeiten" um Dich.

2. Verwende viele Füllwörter, etwa so: "Und obwohl die Fussballmannschaft hingegen aber auch noch Aufstiegsträume soufflierte …" – dass "soufflieren" in diesem Zusammenhang total deplatziert ist, macht nichts, denn man will ja gleichzeitig zeigen, dass Fussballer nicht dumm sind.

3. Drücke Dich möglichst wenig verdrückt aus, und da darfst Du auch mit einem Fachwort Deinen Artikel schmücken, etwas so: "Die Gemeindeordnung braucht frisches Blut, legen wir konzeptionell das Geld auf die hohe Kante wie Zellen von Erythrozyten in der Agglutination." Das versteht zwar kein Mensch, tönt aber fröhlich kunterbunt.

4. Schreibe wie an einem Schützenfest, ballere sportlich verbal drauflos, irgendjemanden triffst Du schon.

5. Man muss das Schreiben auf die Fahne schreiben, damit das Schreibgeflatter von vielen Koryphäen der Schreiberzunft gesehen wird.

6. Allzu differenziert zu schreiben, ist nicht zu raten, denn dann begreift Dich kein Politiker.

7. Betone unablässig wiederholend, dass alles, was Du schreibst, hinter die Löffel geschrieben die Absicht gewesen und nicht in den Kamin gedacht ist.

8.   Berichte eloquent vom Staatshaushalt, kümmere dich nicht um die Farbbezeichnungen, denn ob rote oder schwarze Zahlen ist einerlei, korrupt ist sowieso ob so oder anders und je alles.

9.   Ein Schreiber, der etwas auf sich hält, weiss, wo der Bartli den Most holt – häufe also Zahlen auf Zahlen, zeig, was Du weisst und wie unwissend der Leser ist.

10.   In aller Faktenhuberei muss ein gewiefter Schreiber zwischendurch auch das gefühlsduslige Leben aufdämmern lassen, etwa so: "Sie hatte in zwei Wochen vier Kilo zugenommen, es war zum Weinen."

11.   Zudem: Der Stil ist eine tolle Sache! Man kann das Satzende an den Anfang hieven, Adjektive aufblasen oder ihnen die Luft rauslassen, die Sätze können wackeln und knarren, ein Satz kann tönen, als würde Holz gespalten – dem findigen Schreiber sind keine Grenzen gesetzt, denn wem die Stunde schlägt, der kann über alles und über noch mehr schreiben – und wie!

Paul Gisi

26.9.2012

Kleine Schreiblehre
für Journalisten II

Der Wortschatz eines Journalisten ist eine abenteuerliche Variable, er dümpelt im notwendigen Bereich von etwa zweihundert Wörtern (gehört zum Grundwortschatz einer Fremdsprache) und greift bis zu den Sternen, zwanzigtausend, dreissigtausend Wörtern. Der Journalist mit dem Grundschulwortschatz ist nicht unbedingt der schlechtere Journalist verglichen mit jenem, der einen Wortschatz wie ein wuchernder Urwald hat.

(Du musst in Deiner Dürftigkeit also keinen Knacks bekommen.)

Und jetzt sind wir beim Stil, und das heisst wesentlich bei der Methode, wie man ein Problem darstellt, es durchleuchtet, und das wiederum ist eine Sache des präzisen Denkens.

1. Im Stil liegt das Wunder der Schreibkunst.

2. Zeig nie, dass Du etwas nicht verstehst, wirble einfach drauflos, bleibe höchstens klar in der Unklarheit, der Leser versteht ja sowieso kaum etwas.

3. Peter Bichsel hat einen Wortschatz von bloss zweitausend Wörtern (und er ist doch sackstark!), Hermann Hesse von dreissigtausend, Goethe von sechzigtausend, Victor Hugo von zweiundsiebzigtausend. Wer ist der bessere Schriftsteller? Falsche Frage, der Wortschatz allein ist nicht das A und O der Schreibkunst; gräme Dich also nicht, Journalist, wenn Dein Wortschatz dürftig ist.

4. Der Stil kann hitzig wie die Wüste sein oder orgelnd wie ein Ozean: Beides ist faszinierend.

5. Wiederholungen müssen Dich nicht betrüben, denke an die Litaneien, die dadurch gross sind, weil sie gewisse Denkelemente pausenlos wiederholen und dadurch einprägsam sind. (Rosenkranzbeter kommen in den Himmel.)

6. Wirf Deine Artikel in heiterer Gelassenheit aufs Papier, er wird auch in der Entgleisung wenig beachtet.

7. Der Wahrheitsgehalt ist zweitrangig, denn bei geeigneter Definition der Wahrheit wird alles wahr.

8. Wenn Dir zu einem Auftragsthema nichts zu schreiben einfällt, juble auf, denn dann steckst Du in einer schöpferischen Krise, die Dich früher oder später die berufliche Karriereleiter aufsteigen lässt.

9. Scheue Dich nicht vor Plagiaten, schreibe ruhig von andern ab, verpacke aber alles in einem schönen Geschenkpapier.

10. Im Journalismus geht es ums Tägliche, Alltägliche, doch tu stets so, als ob's wichtig wäre, ein für alle Mal und überhaupt.

Das, was der Journalist schreibt, draufloswerkelt, ist immer nahe an einer "absichtlichen Zufallsproduktion", bleibt eine Unschärferelation und ist gerade durchs Ungenaue, Verwinkelte, Gezinkte, Ungefähre ein Lesefrust – ich meine eine Leselust.

Paul Gisi

5.11.2013

Lieber Ludwig

Nur kurz ein Notat. In Safranskis Goethe-Biographie (ich bin schier am Ende) kam mir nicht nur das Monstrum Goethe, sondern auch der Mensch und Künstler Goethe oftmals menschlich existenziell vibrierend näher. Manchmal raufte ich mir die Haare über Goethes Ignorantismus (er ging nicht an die Beerdigungen seiner besten Freunde, Herder, Schiller, er liess im Nebenzimmer ein Orchester aufspielen, damit er ungestört dichten könne), Goethe als eingebildeter Dichterfürst ist zum Erkälten, und dann wieder kamen mir fast die Tränen, wie Goethe versuchte, in seinen Anschauungen Genüge zu finden.

Als Frauenheld, der auf junge Frauen fixiert war, ist er eine widerliche Figur. Und er hat auch viel, zu viel Schmonzes geschrieben ("Hermann und Dorothea"), doch er ist weit vorgestossen in die Welt der Liebe, auch im westöstlichen Divan ("Suleika"-Gedichte, zu einer jungen verheirateten Frau). Seine Moral ist sehr flackerhaft, oft verbrämt schlicht geil, doch geistreich wortgewandt verwedelte er alles und gab sich distanziert. Er wollte stets geniessen, ohne dass seine Reputation ange-kratzt würde. Seine Selbstinszenierungen, Selbsterklä-rungen wurden mit seinem zunehmenden Alter wider-lich. Intellektuell schwang er sich in seinem Alter zu Er-kenntnissen auf, die nun ins Schulbuch des Bildungsbür-gers passen, doch wer zu lesen weiss, dem wird das doch etwas hohl. Goethe war gewiss ein grosser Künstler, doch als Mensch achte ich ihn nicht sehr gross ein, da ist er mir zu gravitätisch.

Jetzt habe ich mir eine Biographie von Antoine de Saint-Exupéry gekauft und die Briefe von Friedrich Glauser (über 1500 Seiten), es ist wunderbar, sich auf Neues ein-zulassen.

Goethe konnte weder Novalis noch Hölderlin noch Jean Paul akzeptieren, Beethoven fand er einfach "laut", Goe-thes Ansichten sind oftmals einfach blamabel, er liess auch Schopenhauer abblitzen, weil dieser an seiner "Far-benlehre" Kritik äusserte. Kritik an seinen Werken dul-dete Goethe niemals, was für eine Schwäche! Goethe in-stallierte sich selbst als Olympier. Er ist ein grosser Schriftsteller mit grossen Schwächen.

Noch: Von der Pressefreiheit hielt Goethe nichts, sie er-schien ihm als Freibrief für Demagogen und Ahnungs-lose, eine Ermunterung fürs allgemeine Politisieren. Goethes reaktionäre Einstellungen sind mir ein Graus.

Ich wünsche Dir, lieber Ludwig, eine gute Zeit, herzlich grüsst Dein Paul

6.11.2013

Lieber Ludwig

Nun habe ich Safranskis grosse Goethe-Biografie zu Ende gelesen. Alles in allem hat sie mich sehr gefesselt, im Einverständnis und Widerspruch zu Goethe. Mir lief es schon etwas kalt den Rücken hinunter, dass Goethe auch nicht an die Beerdigung von Charlotte von Stein ging und dem Trauerzug verbot, vor seinem Haus durchzugehen; Goethe ging auch nicht an die Beerdigung seines Sohnes August. Mit zunehmendem Alter hatte Goethe eine despotische Eiseskälte, er liess jahrelange Freundschaften fallen, wenn diese ihn nicht mehr uneingeschränkt lobten. Dass er in den poetischen Anschauungen zu Höchsterkenntnissen fand, ist natürlich nicht zu verkennen. Gewiss ist, dass er geadelt wurde, Geheimrat, Minister, sehr reich, hat ihn als Mensch korrumpiert, verdorben. Ich wage zu behaupten, das Beste, das Goethe schrieb – auch in seinen Gedichten – geschah vor seinem dreissigsten Lebensjahr, bei "Faust" sieht es vielleicht anders aus (diesem Slapstick-Sammelsurium, hahaa). Er zelebrierte, feierte sich, besonders auch in seinen Briefen, unermüdlich selbst, das wurde mir décoûtent ... Andere Ansichten als die eignen liess er nicht gelten. Und das ist schlicht ein Wahn. Die ganze Romantik lehnte er kategorisch ab - sein Blinder Fleck ist kolossal.
Nun, Goethe schrieb Adligen-Literatur, und das zeigt auch seine geschichtlichen Grenzen. Fürs 21. Jahrhundert hat er ausgespielt (im Gegensatz etwa zu Cervantes, der "modern" bleibt).

Safranskis Goethe-Biografie hat mich manche Nächte aufgewühlt, und das ist gut. Jetzt lese ich eine gute Biografie über Antoine de Saint-Exupéry und in den Briefen von Friedrich Glauser und im Gesamtwerk von Edgar

Allan Poe und Jean-Paul Sartre und Simone de Beauvoir und Charles Baudelaire und Robert Walser und und und: mein Leben ist ein Lesefest. Ich lebe in Frieden mit mir, spasseshalber werde ich in den nächsten Wochen meine neusten Liebesgedichte dem Zürcher Unionsverlag anbieten, obwohl ich weiss, dass zurzeit verlegerisch nichts für mich spricht. Und zutiefst ist es mir auch egal, da alles gesichert ist in der Kantonsbibliothek St. Gallen, in der Schweizerischen Landesbibliothek Bern und in der Deutschen Bücherei Leipzig. Auch Vielhunderte von meinen Briefen sind dort.

Du, lieber Ludwig, überraschst mich immer wieder mit Deinen Seinsgedanken, und dafür danke ich Dir existenziell. Dass es ein Sein gibt, das über dieses jetzige kleine Sein weit hinausgeht: Du bist ein Genie. Ich bin nur ein kleiner Strudelwurmlyriker. Ich bin glücklich, dass Du zu mir hältst, dass wir uns kennen dürfen, dass Du mir wie ein älterer, welterfahrener Freund und Bruder bist. Noch: Deine Seinsbücher stehen bei mir neben Solschenizyn, das hat sich einfach so ergeben (ich liebe Solschenizyn sehr!), und wenn ich an Deine "Universensein"-Bücher denke, schwindelt mir, denn das ist doch etwas vom Grössten, was sich in diesem Jahrhundert abzeichnet. Du, ich wünsche Dir herzlich nur Gutes, Dein Paul

17.12.2013

Lieber Ludwig

Du wünschst mir Fortschritte in der hohen Kunst, keine Sorgen zu haben, ach lieber Ludwig, das zielt von Dir wieder ins Wesentliche – mit diesem so gut formulierten Wunsch hilfst Du mir existentiell, ich danke Dir. Ich kenne keinen Menschen, der vom Mensch-Sein so viel versteht wie Du, Du bist mir um viele Seemeilen voraus.

Am Freitagmorgen kann ich mich bei Brändle Druck in Mörschwil vorstellen, ich kann es gelassen nehmen, doch ich fände es prima, wenn ich für acht bis zwölf Stunden pro Monat feste Korrekturaufträge hätte.

"Oleivo der Maler" und "Simon der Dichter" schickte ich dem Basler Lenos-Verlag; es ist mir klar, die Chancen, dass sie das nehmen, sind annähernd null, doch ich wollte es vergnügterweise wagen. Dass Du "Oleivo" etwas für "unkonventionelle Köpfe" hältst, freut mich riesig. Ich bin von Deinem Blick, Deinem Urteilen immer wieder prickelnd positiv überrascht.

Du, ich falle in keinen Pensionierten-Stress, doch es war mir noch keine Minute langweilig! Ich schrieb jetzt – ausser Brosmeten – seit eineinhalb Jahren nichts Neues mehr. Letzthin tippte ich verstreut herumliegende "Sätze" ab und war selbst erstaunt, wie viele es waren (und, wie ich glaube, sehr starke). Und als ich meine handgeschriebenen Gedichte sammelte, stellte ich auch erfreut fest, dass es fast hundert sind. Ein paar wenige werden wohl zu meinen besten Gedichten meines Lebens zu zählen sein können. Ich werde sie bald sichten und abtippen.

Nebenbei: Eine vollständige, aktualisierte Bibliografie von mir gibt es im Internet unter "Solothurner Kultur | Kulturschaffende": www.sokultur.ch

Ich bin Doppelbürger, von Basel-Stadt und Niedergösgen SO, deshalb sammelt der Kanton Solothurn auch meine Daten. Die Universität Basel ist etwas lausig, sie hat nur einige meiner Titel aufgeführt. Inzwischen sind es ja über neunzig.

Es ist für mich eine neue, gute Situation: Irgendwie habe ich mit dem Alten abgeschlossen, einen Schlussstrich gezogen, ohne etwas zu negieren, und langsam fühle ich mich bereit, befreit für unbeschwert ganz Neues. Ich habe nicht mehr die Energie wie früher, doch ich fühle, wie sie wieder wächst ...

Und: Ich habe in den letzten anderthalb Jahren sehr, sehr viel durchgemacht, und es sieht gottseidank so aus, als ob ich viel an Leichtem zugewonnen habe.

Du, es ist fantastisch toll, dass Du auf Deine täglichen Artikel im Internet auf Zehntausende von Anklickern schauen kannst, ich bewundere Dich, wie Du alle modernen Möglichkeiten souverän nutzt. Und Deine Energie, ich bewundere sie absolut.

Als Schriftsteller hocke ich in der Tinte, da mein neuer Drucker nicht an den PC angeschlossen werden kann, weil kein Treiber installiert werden kann, so schreibe ich halt meine Briefe mit meinem Tablet oder von Hand für die altehrwürdige Post. Nun, ich habe Kontakt mit einer mir bekannten Informatikerin aufgenommen, sie kommt im Februar oder März des nächsten Jahrs bei mir vorbei und versucht dann – für mich kostenfrei – dem möglicherweise Abhilfe zu schaffen.

Ich bin glücklich, Menschen zu kennen, die mir immer wieder helfen können/wollen.

Du, lieber Ludwig, das ist leider kein philosophischer Brief geworden, dazu bin ich nicht mehr (noch nicht?) in der Lage, vielleicht kommt es wieder mal anders.

Jetzt trinke ich noch etwas Bordeaux-Wein, Metaxa (griechischen Cognac), höre die Belcantooper "Virginia" von Saverio Mercadante, rauche in meiner salamander-farbenen Pfeife vanille-mango-gesüssten Tabak und lese noch in einer grosse Hesse-Biografie (ich liebe Hesse sehr).

Ich freue mich riesig, Dich nächsten Monat im "Weissen Rössli" in Staad zu treffen, mit Dir zu reden, das heisst hauptsächlich, Dir zuzuhören.

Lieber Ludwig, ich liebe das Leben. Dir wünsche ich von Herzen nur Liebes, Gutes, Schönes, der kleine Zackenbarsch grüsst Dir zuwinkend, Paul

2.1.2014

Lieber Ludwig,

heute Nacht wurde ich ganz vergnügt, als ich mir den Jahrmarkt der Eitelkeiten durch den Kopf gehen liess. Um aufzufallen, lief Goethe Schlittschuh in einem roten Samtmantel, Carl Spitteler zog zu Vorlesungen weisse Handschuhe mit besonders langen Fingern an ...

Bei mir verändert sich innerlich viel, ich gewinne neue Dimensionen.

Ich wünsche Dir ganz herzlich einen schönen Jahreswechsel und fürs neue Jahr nur ganz viel Schönes und menschlich Bereicherndes, Dein Paul

PS.: Beim Leiter der Rössli-Buchhandlung erbat ich einmal eine Auskunft über Solschenizyn, da hackte er auf seinem PC herum und fand nichts zu Solschenizyn, da fragte er mich, wie schreibt man das, Solschenizyn. Ein anderes Mal fragte ich ihn etwas zu Edmond und

Jules de Goncourt, da hackte er wiederum auf seinem PC herum und fand nichts zu Goncourt, da fragte er mich, wie schreibt man das, Goncourt.

Ich muss lachen, wie blöd, analphabetisch sind die heutigen Buchhändler geworden? Ich denke an das Buchhändlergenie Louis Ribaux ...

26.1.2014

Aah, ich freue mich riesig auf den heutigen Leseabend mit Opern, Pfeife, Wein, Kernobstbrand, Kerzenschein. Morgen kann ich die elf Tagebücherbände von Jules und Edmond de Goncourt abholen: ein Fest!

Ich wünsche Dir alles Liebe, herzlich grüsst Dein Paul

27.3.2014

Lieber Ludwig

Ich lese immer wieder in Deinen Liebesbriefen "Was die Liebe sich ersonnen", sie haben die strenge, majestätliche Klarheit wie Beethovens Messe in C-Dur op. 86; menschlich Harmonisches und dynamisch Melodisches, eine Ganzheit des Lebens wogt hin und her. Das innere Engagement brennt in Liebe, es gibt auch eine erstaunliche, mitreissende Parallelität der Liebenden, die sprachliche Tonalität ist differenziert, die Instrumentation abwechselnd in Lyrik und Prosa finde ich wunderbar. Nach feinen Streicherpassagen des zwischenmenschlichen Gefühls werden Deinerseits immer wieder Trompeten der Erkenntnisse eingebaut, was den Briefen Wucht und

Grösse verleiht, es bekommt alles eine kohärente Daseinslogik. Die sprachliche Wortgestaltung (Bildwortgestaltung) ist oft nahe am Konventionellen, doch Du verstehst es, mit einem verhaltenen Piano bis hin zu einem feurigen Tutti einen sphärischen Jubel anzustimmen, was sehr bewegend ist. Liebeslust und Liebesleid finden sich im Anruf des Du. Eine göttliche Glorie scheint ergreifend auf.

Es ist ein wahres Document humaine Deines Lebens, ich danke Dir nochmals herzlich, existenziell, dass Du mir dieses persönliche Konvolut anvertraut hast, es wird mich noch manche Nächte bereichern.

Ich grüsse Dich ganz, ganz herzlich, freundschaftlich, brüderlich, der kleine alte Zackenbarsch und Lyriker Paul

30.3.2014

Lieber Ludwig

Dass Dich meine kleinen Zeilen freuten, freut auch mich. Danke auch für die schönen Naturbilder.

Wenn meine Lyrik eine Spur hinterliesse, würde ich aufatmen, doch gewiss ist das nicht. Und ich muss sagen, dass mir auch dies nicht mehr wichtig erscheint. Ich durfte viel existenziell lieben und meine vielhunderte von Liebesgedichte gestalten, instrumentieren, einfärben, es war wunderbar – auch wunderbar auf ein paar individuelle Reaktionen darauf, was will ich mehr? Ruhm strebte ich niemals an; ich bin glücklich, dass mir wohl dies und das gelang, viel ist es nicht. – In mir lebt ein Wind, den man nicht einfangen, gefangen nehmen kann: Mir galt die persönliche Freiheit, die Unabhängigkeit im Denken und Urteilen immer mehr als der Beifall einer Gesellschaft, die ich verachte.

Und in meinem ganzen Leben, das in den letzten Jahren irgendwie als gescheitert zu betrachten ist, fand ich mehr und mehr ein Einverständnis mit der Vergänglichkeit, die mir immer wieder eine Heiterkeit schenkte, wie ich sie nicht erwartete. Auch in meinen Depressionen fand ich oft das grosse Sein, wie Du, Ludwig, es mich gelehrt hast durch Deine Briefe, in Deinen Büchern. Dafür danke ich Dir mit meinem Leben.

Zutiefst stecken in mir widersprüchliche Gefühle: einerseits dass alles nichtig ist (wie schon Kohelet wusste), und gleichzeitig bete ich den Augenblick der Lust, der Liebe, des Überwältigtseins durch die gesamte Schöpfung, die sich im Kleinsten offenbart, an. Ich liebe Winkelzahnmolche, Skorpionsfische, Sumpfschildkröten, Wolfszahnnattern, Raubglanzschnecken, Korallenmöwen, Rotkopfspechtpapageien, Schwammspinnerraupen, Blaufusstölpel, Kletterbeutler, Koboldmakis, und dass mir diese gottgeschaffenen Kreaturen mehr als jede Philosophie bedeuten, ist eine eigenständige Denkart und Lebensauffasung, die kaum von einem Zeitgenossen gesehen, anerkannt wird, was mich aber nicht stört, da ich diese unbekümmert zum Teufel schicke; ich kann so genannte grosse "philosophische" Geister durchaus mit Spott ablehnen – in der Anbetung des kleinen Lebens, was da kreucht und fleucht. "Ideale" verwerfe ich oft als Papiermaché, interessiert mich nicht.

Als Schriftsteller bin ich wohl vorbei, ich arbeite an einer Prosaarbeit, "Forain der Musiker", quasi als dritten Teil meiner Prosa "Oleivo der Maler – Passagen aus einem Künstlerleben", "Simon der Dichter – Teilsichten aus einem Künstlerleben" und eben "Forain der Musiker – Melodien aus einem Künstlerleben", doch ob mir das Schlussgemälde dieser fantastischen Trilogie gelingt, ich weiss es noch nicht. Einerseits bin ich da sehr verzagt, andererseits bin ich glücklich, wenn ich dazu ein paar Zeilen schreibe – und gleichzeitig beunruhigt es mich auch nicht, wenn ich nichts schreibe. Hélas!

Jetzt höre ich Donizettis belcanteske Oper "Rosmonda d'Inghilterra", trinke einen zungenkräuselnden Côtes-du-Rhône, räuchle eine Jacob-van-Meer-Señorita – auch dieser Brief, lieber Ludwig, geht von meinem Augenblick in Deinen Augenblick von meinem Herzen in Dein Herz: Das Sein spricht VOM WINDE VERWEHT. Ich lebte ein paar Augenblicke für Dich, mit meinen unzulänglichen Worten mit Dir, das ist doch schön, ja?

Ich messe meinen Worten keine Bedeutung zu – ausser jener der Vergänglichkeit. Ich verneige mich vor dem echten Leben und bleibe ein Spötter vor allen Gängigkeiten einer Gesellschaft, die nur die Lüge und das Geld anbetet; auf kaufbare Täuschungen habe ich mich noch niemals eingelassen. Ich bleibe der Narr meiner Liebesgedichte.

Dieser Brief tönt fast wie ein Credo, ich lache, das wollte ich nicht, es sind einfach ein paar Farbtupfer. Voilà.

Ich bewundere Dich, Ludwig, Du bist mir weit überlegen als Denker, Philosoph. Doch als Lyriker und Künstler bin ich einfach ich.

Du, ich wünsche Dir von Herzen eine wundersame, Dein ganzes Sein umfassende Zeit, sehr bescheiden Dein alter Zackenbarsch Paul

Am 29.03.2014 08:23 schrieb "Lukas Verlag":

Der kapitale Zackenbarsch hat wieder zugeschlagen. Wenn Paul Gisi zu schreiben anhebt, offenbart sich eine überragende kulturelle Dimension, die das Gewöhnliche und die Gewöhnlichen verblassen lässt in ihrem Sonnenstrahlen. Du hast mir einen grossen Freundesdienst erwiesen mit der Bestätigung von dem, was ich schon weiss, dass diese Liebesphantasie zu wertvoll ist, um sang- und klanglos zu verschwinden. Doch was ich nicht zum erstenmal bedenke, ist, wie es um Deine vielen Briefe steht, die ja von einem Sprachgenie von allererstem Range zeugen. Peter Morgers Nachlass hat man auch mit Sorgfalt aufbewahrt und Rainer Stöckli hat sich seiner angenommen. Zwar ist Rainer sicher nicht der rechte Mann für Dich, aber wenn die Schriften vorhanden sind, wird sich bestimmt ein Würdiger finden, sie ins angemessne Licht zu setzen.

Der Frühling keimt, ich schicke Dir eine Bilderserie von heute Nachmittag aus meinem und des Nachbars Garten. Ich fliege wieder mit dem E-Bike aus und geniesse die freien Sonnentage. Aber mit eiserner Konstanz werden in der Früh neue Texte kreiert fürs künftige Bewusstsein ausserordentlicher Menschen. Durch Deine Briefe fühle ich mich Dir aufs Innigste und Freundlichste verbunden.

Danke, danke, lieber Paul, Dein Ludwig

30.3.2014

Lieber Ludwig

Mit der grossen Schriftstellerin Mary Lavater-Sloman, mit der ich, eingeladen vom Zürcher Schriftstellerverein, einst zusammen in Zürich vorgelesen habe, verband mich ein Briefwechsel. Nun, eben, ich bin halt kein Archivar meines Lebens, und zu erleben, dass man "vom Winde verweht" ist, ist für mich schön. Alle Briefe an mich sind verloren gegangen. Herzlich, Paul

Am 30.03.2014 23:06 schrieb "Gisi Paul"

Mit Kurt Guggenheim, R. J. Humm und J. R. von Salis hatte ich auch einen Briefwechsel – doch ich will jetzt keine Liste schreiben all jener bekannten und unbekannten Menschen, mit denen ich Briefe wechselte. P.

Am 30.03.2014 03:08 schrieb "Gisi Paul"

Als sehr grosse Briefempfänger müssten unbedingt Manfred Hülshoff in Rahden in Nordrhein-Westfalen und Reinhard Hilbert aus dem thüringischen Greiz (dannzumal DDR) genannt werden, sie besitzen viele Tausende lange Briefe von mir.

Du trägst dich
durch die Ewigkeit dahin

6.4.2014

Lieber Ludwig

Dein Morgengruss erfreute mich sehr, was für schöne Blumen! Und Dein Text sprach mich ganz besonders tief persönlich an, ich danke Dir sehr.

Ich wünsche Dir von Herzen eine gute, schöne Woche, herzlich grüsst

Dein Paul

Am 04.04.2014 schrieb "Lukas Verlag"

Eine Nacht auf dem kahlen Berge, derweil du vor Erwartung glühst, Neues, Seelenwärmendes und Unvergängliches in Fülle zu erfahren. Du lässest in Gedanken alles hinter dir, was war, und stürmst hinan in freie, lichte und bedeutungsvolle Zeiten, die dir Anmut des Gewissens, Daseinsfreude und Erfüllung deiner Wünsche garantieren. Das alles kann nur Ich, der Ich in dir Bin, bringen, und wenn du das erkennst und mit Mir gleichziehst, öffnet sich vor dir der Horizont der ewigen Glückseligkeit in deinen eignen Armen. Du Bist und trägst dich durch die Ewigkeit dahin, vereint mit allem, was da *ist* und seine Universenkreise zieht. Dein Grund ist im "Ich Bin" begründet und deine Seligkeit im Sein, von dem du durch Unendlichkeiten nimmer scheidest.

Lieb und gut, Ludwig

21.5.2014

Lieber Ludwig

Was für eine Überraschung! Du hast mich mit "Universensein 5" unendlich reich beschenkt – mit dieser Widmung, die mich glücklich macht. Ich fühle mich fast nicht wert genug, diese Widmung empfangen zu dürfen; es ist für mich wie ein Wunder. Gerade in den letzten Tagen – ich wage es fast nicht zu sagen – hatte ich immer wieder Depressionen; ich sollte mir keine Sorgen machen, denn jetzt geht es mir finanziell gut, doch was ist in drei bis fünf Jahren? Nun, jetzt ist das "Universensein 5" von Dir bei mir: was für ein bereicherndes Geschenk! Es wird mich in den Sommer hinein begleiten. Lieber Ludwig, Du hast mich glücklich gemacht, ich danke Dir von Herzen existenziell, mit ganz lieben Grüssen, Dein Paul

27.5.2014

Lieber Ludwig

Ich weiss, ich sollte mir keine Sorgen machen, doch die Lebensangst, die Überlebensangst in finanzieller Hinsicht ist eben da. Ich gehe in zwei Wochen wieder zum Arzt, Depressionen streifen mich mehr und mehr ...

Zurzeit fasse ich "Gedichte und Prosa 2012 bis 2014" zusammen. Und seit Monaten schrieb ich heute Nacht wiederum mein erstes Gedicht:

Der Schatten deiner Hand auf meinem Körper
er ist wie das Schweigen des Singvogels
gewichtlos schwer von Welt

Ich bin glücklich, dass ich immer wieder in Deinem "Universensein" und in Deinen Liebesbriefen lesen kann.

Ganz herzlich grüsst Dein Paul

11.6.2014

Lieber Ludwig

Letzthin hörte ich in mir so etwas wie einen "Universumsorgelton", und es ging mir wesentlich besser. Ich denke und lese viel, das ist auch eine gute Sache. Die Appenzeller Zeitung stellt vielleicht nach den Sommerferien die Kolumne Brosmete ein, mir gingen dann monatlich 200 Franken verlustig, was bei meinem AHV-Einkommen von 2059 Franken eine spürbare Verschlechterung brächte. Ich habe jetzt ein gutes Jahr lang finanziell passabel gelebt, ich konnte aufs Pensionskassengeld zurückgreifen, konnte ein paar Kleider kaufen (ich gebe nicht sehr viel auf Kleider), ging vereinzelt, wenig in ein Restaurant, konnte mir ein paar Bücher kaufen. Das wird nun bald kaum mehr möglich sein. Ohne Geld läuft in dieser Gesellschaft halt wirklich rein gar nichts, darüber kann auch keine Meditation hinwegtäuschen. Ich habe noch zwei Termingeldanlagen von je 50 000 Franken, doch auf den ersten Teil kann ich erst im August 2015 zurückgreifen, auf den zweiten im August 2016. Konkret besehen beschleicht mich Angst, ja Grauen; es ging mir ein Jahr lang recht gut, doch die Zukunftsangst löste wieder Depressionen aus, ich fühle mich wie ein hypnotisierter Vogel vor einer Schlange. Dadurch ist mein Blutdruck wieder enorm gestiegen, in einen Bereich, der wohl nicht mehr ganz ungefährlich ist. [Ich beschäftigte mich auch etwas mit Exit, doch dafür bin ich wohl noch etwas zu "jung".]

Nun, ich will in den nächsten Monaten meine vielen handgeschriebenen "objektiven" und Liebesgedichte 2012 bis 2014 sammeln, sichten, zusammenführen. Meine zwanzig Seiten "Briefe an Simon" habe ich in zwölf Exemplaren fotokopieren lassen, ich kann sie in dieser Woche abholen; sie haben für mich fast einen testamentarischen Charakter in der gewollt entblössenden Offenheit – ich frage mich, ob ich sie Dir schicken soll, Du runzeltest wohl da und dort empört, ablehnend die Stirn ... Doch für die Freiheit meiner Künstlerexistenz liess ich dies gewollt durchgehen. Ich kann und will eben (fast wie Kafka) nicht nur "positiv" schreiben. Ich lerne viel von Dir, lieber Ludwig, muss aber meinen eignen Weg, meine eignen Irrwege gehen, hin auf mich selbst, mein Scheitern annehmen.

Am besten wäre, ich könnte für zwei Monate irgendwo in eine erholende Kur gehen, doch das zahlt die Krankenkasse nicht. Seit meinem Burn-out 2012 trinke ich wohl gewiss auch zu viel Alkohol, es ist so eine Sache geworden, ich kämpfe auch gegen Schlaflosigkeit, und die Abhängigkeit von Temestra, einem suchterzeugenden Schlafmittel, ist auch nicht gut.

Na, Du siehst, mein lieber Ludwig, ich befinde mich in gewissen Turbulenzen, das Leben schleudert mich etwas, und daraus herauszufinden, ha, man müsste zaubern können Ein Spiesserdasein interessierte mich noch nie, auch wenn es eher düster geworden ist, henu, ich bleibe bei der Alchimie des Unmöglichen, setze weiter unbeirrt auf die Kunst, die das ganze Leben einbeschliesst, auf alle Farben, auf alle Formen, auf alle Töne, auf die grenzenlose Freiheit des Seins.

Ich bin glücklich, dass ich Dir so offen schreiben kann, obwohl es eher ein Schrei denn eine philosophische "Rundschau" ist. Verzeih mir, doch das Leben ist für mich immer wieder wie eine Geister- Gespenster-Bahnfahrt.

Mit all meinen Schwierigkeiten fühle ich mich von Dir verstanden – von Dir, der Du so unendlich weiter, verfestigter bist. Du bist der grösste Seinsphilosoph, den es je auf der Welt gab. Als Lyriker bin ich wohl auch nicht so schlecht, auch wenn es nun scheint, dass ich am Untergehen bin. Doch ich hatte meine Zeit, in der ich masslos lustvoll lebte und nah an mich selbst herankam, und dass es jetzt etwas mühsamer wird, ich nehme es an. Du bist DAS Genie des Universenseins, Jahrtausende kannten nichts, das Deinem Geist gleichkommt, Deinen ekstatisch rhythmischen Hymnen. (Du bist bedeutender als Nietzsche.) Es gibt weltweit nichts Ähnliches, das Deinen wortgewaltigen Seinsgesängen auch nur annähernd vergleichbar nahe kommt – nahe wären (wenn auch anders) Pierre Teilhard de Chardin und Sri Aurobindo, doch Du bist noch zukunftweisender, umfassender.

Lieber, liebster Ludwig, Freund, Bruder, Michzehntausendfachvorauseilender, ich bin glücklich, dass wir uns kennen, dass ich Dich bewundern darf, dass Du mein kleines Schicksal derart einfühlsam begleitest und immer so hilfreich bist. Du bist ein Wunder an Intelligenz, Lebensreichtum, Lebenserfahrung, Einfühlungsvermögen, Philosophie und Kunst, Individualität und Energie, es ist nicht fassbar.

Alors, nun lese ich noch etwas in "Empor den Karmel-
berg" von Johannes vom Kreuz, höre eine Belcantooper
von Bellini, vielleicht schenkt mir diese Nacht noch ein
Gedicht ... Lieber Ludwig, jetzt ist ein gewaltiges Gewitter über den Bodensee gestürmt, diese entfesselten Ge-
walten waren herrlich. Ich danke allen guten Geistern,
dass es Dich gibt; ich wünsche Dir existenziell nur Gutes, Schönes, Liebes, Dein dankbarer Paul

9.7.2014

Lieber Ludwig,

Nun habe ich endlich wieder Internetzugang. Gegen
meine Depressionen verschrieb mir der Arzt Tabletten,
ich hoffe, ich kann sie bald wieder absetzen ...

Leicht
wie eine Welle
die Stunden
zwischen Geburt und Tod

fern in mir
murmle ich ein Gebet
lege es in deine Hand

(pg)

Meine Gedanken sind viel bei dir. Oft rinnen Tränen
meine Wange hinunter, so viel Welt ist in mir.

Ich wünsche Dir ganz herzlich eine schöne Zeit

liebe Grüsse, Dein Paul

11.7.2014

Lieber, liebster Ludwig,

Was für ein Geschenk, das ich heute von Dir bekam, das "Universensein 6": Du, ich danke Dir mit meinem ganzen Leben dafür. Ich komme gar nicht nach, alle Weibel zu lesen ... Doch es wird wunderbar sein, in den nächsten Monaten immer wieder Dich zu lesen. Manchmal gelingt es mir vielleicht ein bisschen, adäquat auf Deine Werke zu antworten, doch solche "inspirierte" Augenblicke sind natürlich nicht jederzeit abrufbar; es sind Illuminationen, die mir geschenkt werden.

Was für ein wunderbares Kärtchen legtest Du bei, mit Deinen intelligenten, feinfühligen Worten – mir kamen Freudentränen. Danke, danke! Mein Lob ist eigentlich nicht übertrieben, sondern es sind Assoziationen, die mir bei der Lektüre Deiner Liebesbriefe an K. M. kamen, Vergleiche, von mir erfühlte, erlebte.

Ein Damoklesschwert meines Lebens ist das Geld, in etwa drei Jahren wird mein Pensionsgeld aufgebraucht sein, dann habe ich monatlich noch Fr. 2059.- Einnahmen; ich werde dann um Ergänzungsleistungen bemüht sein, doch es wird sicherlich nicht enorm sein. Das löst bei mir immer wieder Depressionen aus.

Gegen Ende dieses Jahres werde ich einen neuen Lyrikband, ca. 60 Gedichte, zusammenhaben – es hat ein paar überdurchschnittlich gute darunter, vielleicht fast geniale, mindestens zu den besten meines Werks gehörend. Einen Titel habe ich noch nicht. Es wird mein Opus 97.

Manchmal denke ich, meine Lebensuhr läuft ab; ich bin oft sehr, sehr müde. Ärztlich, medizinisch gesehen bin ich noch "zwäg", ausser dem Blutdruck, der trotz Herztabletten kontinuierlich hoch ist. Henu, da sage ich mit Erich Kästner: Bis zum Ende reichts bestimmt. (Hahaa!)

Doch diesen Gedichtband, der meine handgeschriebenen Gedichte von 2012 bis 2014 umfasst, will und werde ich noch machen, da hält mich nichts zurück, parbleu!

"In diesem Sinn lächle ich Johann Sebastian Bach mein Grusswort im Unendlichen entgegen", schliesst Du Deinen Brief. Das berührt, bewegt mich ungemein sehr. Du siehst Dich selbst besser als ich, ich stellte Deine Liebesbriefe zu einer Beethoven-Messe nahe, doch ich beginne ja erst, Dein "Universensein" zu lesen, und ich vermute (beim ersten Durchblättern), dass mir Bach da auch eingefallen wäre, aber auch Mozart, Haydn und die Messe in Es-Dur von Johann Nepomuk Hummel. Spätere Zeiten werden Dich als den grössten Denker, Mystiker, Philosophen erkennen; Deine Bedeutung ist gewiss grösser als jene von Leibniz oder Kierkegaard.

Ich bin existenziell glücklich, dass wir uns kennen dürfen. Ich bin nur ein kleiner Lyriker, Du bist ein strahlendes Gestirn.

Nun ist Licht in mein Leben gekommen, Dein "Universensein 5 und 6", eine Weltschöpfung.

Ich grüsse Dich herzlich, Dein dankbarer Paul

Der Flusskrebs
studiert
die Sternkreiszeichen
und wird nicht schlau –
mir ergeht es
wie ihm

*

Als welken
Weissdornschatten
in deinem Atem
tanzen Winde
auf deiner Zunge
Salamander
auf den Lippen
festgefügt
in der Maserung
des Steins
aufscheinend
im Feuer

pg

27.7.2014

Lieber Ludwig

Es ist späte, vorgerückte Nacht (26./27. Juli): soeben
habe ich Deine Liebesbriefe "Was die Liebe sich ersonnen" zu Ende gelesen – und bin einfach sprachlos geworden. Was für eine viele Welten umfassende Liebesmys-
tik! Und immer auf einer hohen, ja allerhöchsten Ebene
sich abspielend, sich verwirklichend, die mich immer
wieder atemlos machte. Dein ganzes tiefstes, höchstes

Sein schwingt sich in Deinen Briefen aus, singend, glühend, lichterloh brennend gar.

Deine Liebesgedichte erschlossen sich mir nicht immer
spontan, haben sie doch einen Gestus der Sprachwer-
dung, Sprachnehmung, eine Bildhaftigkeit, die da und
dort nach meinem Empfinden das Antiquierte streift,
Liebesgedichte, die nicht ganz zu einer individuellen
Verwandlung vorgestossen sind, sondern sich eher gän-
gigen Formulierungen anempfehlen. Doch in Deinen
Liebesbriefen gibt es Perlen an Einsichten, Erkenntnis-
sen, wie sie unsere Zeit kaum mehr kennt. Deine Liebesbriefe zu lesen war für mich ein Fest, Du hast so viel zu
sagen, und Deine hymnische Begeisterung kennt alle
Höhen der Liebe.

Und jetzt liegen "Universensein 5 und 6" vor mir, in den
nächsten Wochen und Monaten werde ich immer wieder
darin lesen. Du gabst mir C. F. Meyer und Giuseppe To-
masi di Lampedusa zu lesen, ich komme, obwohl ich
täglich/nächtlich viele Stunden lese, kaum mehr nach,
alles zu lesen, was ich lesen möchte, ich habe einen ganzen Turm an Büchern, die ich am Lesen bin. Zu lesen ist
und bleibt etwas vom Allerschönsten in meinem Leben,
auch meines spät gewordenen Lebens. Ich bin dankbar,
dass mein Geist noch so offen und aufnahmefähig ist,
das erhellt meine Stunden.

Ich lernte eine wunderbare junge Frau kennen, Nina Do-
natsch, sie schenkte mir ein herrliches Buch, "Macbeth
Schlafes Mörder" mit Texten von Shakespeare, Kommentaren von Elke Heidenreich und Fotografien von
Tom Krausz, ein hinreissendes Buch.

Die neue Biografie über Lion Feuchtwanger begeistert
mich auch. Zudem lese ich Gedichte von Eugène Guille-
vic, ferner Prosa von Claire Goll, Proust, Kafka, Hesse,

Fromm, Poe, Baudelaire, Rimbaud, ein Buch über Zürich von Zürcher Literaten, Sartre und – um nicht nur ganz "brav" zu sein – auch Zweitlesungen einiger Bücher von Henry Miller (dessen Gesamtwerk ich 1974, vor 40 Jahren, las).

Die Arbeit an meinen Gedichten 2012 bis 2014 ist sehr aufwändig, doch sie gefällt mir. Ich bin am Reduzieren und nochmals Reduzieren. Es wird wohl ein ganz guter Gedichtband (den Titel weiss ich immer noch nicht).

Lieber Ludwig, ich danke Dir für alles und grüsse ganz herzlich, Dein Paul

1.11.2014

Lieber Ludwig

Nach Tausenden von Buchseiten von und über Franz Kafka und Hermann Broch, den ich über Joyce stelle, lese ich wiederum viel von Rainer Maria Rilke, auch in seinen Briefen, was mich existenziell aufwühlt. Für mein Leben ist Rilke DER bedeutungsvollste Dichter. Seit fünfzig Jahren, seit meinem fünfzehnten Jahr, beschäftige ich mich mit ihm, er ist die grosse konstante Leseliebe meines Lebens, und jetzt beginne ich nochmals, alles von ihm zu lesen; auch meine Sekundärliteratur über ihn ist recht gross. Sein in vielen Belangen fast etwas snobnahes Leben und seine genialen Dichtungen bleiben für mich hochinteressant.

Heute beschäftige ich mich wiederum mit meinen "Prismen".

8.11.2014

Lieber Ludwig

Heute Nacht beendete ich meine "Prismen"-Sammlung "Lichthin in deinen schwarzen Pupillen", es sind 50 Kurzgedichte; nun muss ich noch die Reihenfolge der Gedichte finden (die ist sehr wichtig für mich) und einige Straffungen vornehmen und dann nochmals mit dem Wortsthetoskop abhorchen auf Duktus, Übergänge, Auslassungen, Inhalt, das dauert nochmals ein paar Wochen. Ich gedenke, dass ich das auf Anfang des nächsten Jahres vollenden kann. Und ich denke mir, wenn das das Letzte ist, was ich schreibe, so betrachte ich mein Leben als voll.

Ich bin guten Muts, und doch denke ich, dass mein Leben ausläuft; ich bin sehr müde geworden, schlafe auch sehr, sehr viel, manchmal zwölf bis vierzehn Stunden. Manchmal wage ich nicht, ein grösseres Buch zu lesen zu beginnen, da mir der Atem dazu fehlt und ich vor den vielen Seiten fast eine Panik bekomme. So musste ich auch Proust zur Seite schieben, denn vor diesen vielen Hunderten von Seiten ohne Abschnitte versage ich ...

Zudem wollte ich die Tabletten gegen die Depressionen absetzen, doch es geht nicht, wenn ich sie nicht nehme, sitze ich oft in meinem Zimmer und weine grundlos.

Nun, ich fange mich vielleicht nochmals auf. Ich wills versuchen.

Mein Blutdruck ist trotz Tabletten viel zu hoch.

Ja, manchmal packt mich eine Lebensangst. Schön ist, dass mein Freund Marcel bei mir lebt, dann bin ich nicht so alleine.

Wenn ich an Dich denke, Ludwig, wird es mir wohler ums Herz. Du machst mir Mut.

Meine Wohnung ist auch etwas desolat, ich mag sie kaum mehr reinzuhalten ... Und in zwei, drei Jahren wäre ich finanziell abgebrannt, was dann?

Nun, ich reisse mich zusammen und denke mir, für die nächsten Monate reicht es noch, dann sehe ich weiter.

Ich wünsche Dir herzlichst nur Gutes, Dein Paul

19.11.2014

Lieber Ludwig

Ich habe nun Andreottis Buch "Struktur der modernen Literatur" doch noch gelesen und ich schrieb ihm fast zehn Seiten dazu, viel Gutes, aber einiges auch sehr kritisch. Ferner schickte ich ihm etwa zwanzig Bücher von mir. Ich denke mir, wenn er nun etwas für mich tun möchte, wie er sagte, hat er die Gelegenheit. Gewiss ist, ich mache das in meinem Leben kein weiteres Mal; ich lebte eine gute Woche voll mit seinem Buch und antwortete differenziert und weit ausholend – wofür? Er tönte an, er könne mich, da er in der Jury sitzt, zum Bodenseeliteraturpreis verhelfen, nun warte ich getrost ab, wie er reagiert (ich weiss natürlich, dass nichts passieren wird, Literaturdozenten schwätzen wie Kanarienvögel grenzenlos, pausenlos, ich kann sie nicht ernst nehmen).

Gewiss ist, ich blieb ein Leben lang den Literaturbonzen fern, verachte nach wie vor den Literaturbetrieb, wo eine Hand die andere wäscht. Mit diesem Andreotti ging ich für einmal eine Konzession ein, doch sie wird zu nichts führen. Was ist doch die Literaturwissenschaft für ein korruptes Pack, in der Literaturgeschichte ist das genügend nachzulesen. Die Germanistikprofessoren sind doch widerlich eitel, ich bleibe gut belesen bei dieser Ansicht.

Ich fuhr nicht schlecht, fast alles in meinem eigenen Verlag zu publizieren, ich bin zu niemandem zu Dank verpflichtet, und ich bin nicht derart unbekannt, wie es scheint. Ich bin ich, das reicht mir. In einer merkantilen bürgerlichen Zeitung besprochen zu werden, ist mir ein Pfupf, darauf verzichte ich gern.

Ich lese zurzeit viel, nehme meine "Prismen" bald wieder vor, "Lichthin in deinen schwarzen Pupillen", und alles Literaturgetöse darf vor die Hunde gehen, ist mir gleich.

Ich bin etwas wie ein Privatgelehrter, der Gedichte schreibt, das genügt mir. Ob "die Welt" darauf reagiert oder nicht, ist mir egal, absolut egal. Ich lebe in meiner Klause, lese die dreibändige "Richelieu"-Biografie von Carl J. Burckhardt, Rilke-Briefe und den grossen portugiesischen Autor Fernando Pessoa, da rauscht das Gegenwartstohuwabohu an mir vorbei.

Gesundheitlich bin ich etwas angeschlagen, doch ich fühle mich geistig fit, fast abgeklärt.

Dir, lieber Ludwig, wünsche ich herzlich grüssend nur das Beste und verbleibe als Dein dankbarer Paul

13.12.2014

Lieber Ludwig

Nun habe ich heute aber wirklich zum allerallerletzten Mal meine "Prismen" "Lichthin in deinen schwarzen Pupillen" überarbeitet, der Feinschliff ist fertig! Ich bin glücklich, ist mir doch, so bin ich überzeugt, ein kleines Werklein geglückt, das für mein Leben, für mein Schaffen Gültigkeit beanspruchen darf.

Heute schrieb ich meine neusten "Sätze" in den Computer, nun, damit ist ein Anfang getan (ich habe noch keinen Titel dafür); es wird und darf Monate lang dauern, bis ich einen Büschel voll habe.

Ich las letzthin Briefe von Hugo von Hofmannsthal, Rudolf Kassner und Rainer Maria Rilke, mir sind solch persönliche Äusserungen meist eine grosse, interessante Bereicherung, auch ein vergnügtes Amüsement, oder dann ein beklemmendes Mitfühlen. Rilke, das grosse lyrische Genie, ist oft ein eitler Frauenheldgockel mit Adligentick, fantastisch, und Hofmannsthal ein wortbombastischer Faselhans. Jaja: Werk und Leben!

Wenn ich Dich sehe, lieber Ludwig, wie Du seit vielen Jahren unermüdlich konsequent Dein Werk aufstellst, durchrieselt mich grosse Achtung, verfestigt sich das Ehrgefühl, das ich vor Dir habe. Du bist ein Gigant, da komme ich mir so klein vor.

Um ein kleines Lyrikbändchen zu schreiben, brauche ich Monate; ich werde von so vielen Imponderabilien umhergeschleudert, dass ich froh bin, wenn mir wieder etwas geglückt ist. Gut, wenn ich meine 98 Publikationen der letzten 45 Jahre überblicke, so sehe ich eine passable Fülle, doch im Gesamt komme ich mir so klein vor.

75

So, nun lese ich den grossen portugiesischen Schriftsteller und Dichter Fernando Pessoa, einiges zum zweiten Mal, bei Belcanto, mit meiner Pfeife mit Mango- und Vanilletabak und bei provenzalischem Wein und etwas Arboner Kirsch, die Kerze flackert ein bisschen, es ist schön zu leben.

Ich wünsche Dir eine gute, gesegnete Zeit, ganz herzlich grüsst Dein Paul

16.12.2014

Lieber Ludwig

Nur ein kurzes Notat: Gestern Nacht und heute Abend schrieb ich unerwarteterweise gut zwanzig Liebesgedichte, sie sind mir wie ein Geschenk des Lebens. Es hat ein paar laszive Dingerchen darunter; ich gab ihnen den Titel "Ich lösche dein Feuer mit meiner Zunge". Ich bin gespannt, ob sich daraus ein ganzes Opus ergibt. Ich bin glücklich, dass ich wieder Gedichte schreiben kann.

Ich denke oft an dich, ich bin erfüllt von Deinem "Universensein 5", das ich heute Nacht zu Ende lesen werde. Was für eine riesige Fülle an Menschlichem und Göttlichem! Du bist ein Ozean an Einsichten und beherrschten Stürmen.

Morgen muss ich zum Arzt, es geht mir solala ...

Dir wünsche ich von Herzen nur Gutes und Schönes und Schöpferisches, herzlich grüsst Dein Paul

16.12.2014

Lieber Ludwig

Ich bin noch tief erfüllt von Deinen Universensein-Schwingungen, Du bist ein erratischer Block in den heutigen Turbulenzen. Manchmal wünschte ich fast ein bisschen, dass Du zeitgemässer formulieren würdest, doch ich weiss ja, daran liegt Dir nichts, Du bist ein Jahrhundert-Philosoph und ein zeitloser Hymniker. Ich freue mich bereits aufs "Universensein 6", Lektüre für diesen Winter.

Gute Nacht, Dein dankbarer Paul

17.1.2015

Lieber Ludwig,

nur noch rasch ein Grüsslein.

Für meinen Liebesgedichteband "Ich lösche dein Feuer mit meiner Zunge" fehlen mir noch vier Gedichte, ich hoffe, dass ich diese in den nächsten Nächten "einfangen" kann ...

Es ist erfrischend, Sartre wiederzulesen, ich las ihn als junger Mann begeistert, und jetzt, da sich das Leben zur Neige wendet, ist es immer noch begeisternd! Einesteils bröckle ich intellektuell gesehen ab, aber ich habe eine ganz neue Transparenz erreicht, die ungemein bereichert, eine Transparenz der Dinge und der Menschen, die zur Transzendenz neigt.

Ich denke an Dein "Universensein" – und wünsche Dir nur Gutes, tief verbunden Dein Paul

77

21.1.2015

Lieber Ludwig

Deine "Aufmunterungsprämie" hat mich beflügelt, ich danke Dir ganz, ganz herzlich; ich gab heute sofort den kleinen Druckauftrag für "Ich lösche dein Feuer mit meiner Zunge", Du wirst dieses nächste Gisi-Büchelchen nächste Woche bekommen, als Erster! Ich wollte eigentlich keine Liebesgedichte mehr schreiben, doch es kam einfach über mich, dass ich musste ...

Jetzt wende ich mich konzentriert meinen "Sätzen" zu, doch um ein Sätzebändchen zusammenzubekommen, brauche ich ein, zwei Jahre.

Wenn ich mir vorstelle, dass Du nun bei "Universensein 9" bist, bekomme ich grösste Achtung vor Deiner dichterischen, philosophischen Potenz, das ist weltenweit einmalig!

Dass Du Dir Wege mit eBooks überlegst, finde ich prima, ich bin gespannt.

Lieber Ludwig, solltest Du einmal krank sein, lass es mich bitte wissen, ich würde Dich gern besuchen kommen. Doch jetzt freue ich mich mit Dir, dass Du wieder gesund bist, ja?

Ludwig, Du bist für mich wie ein Bruder, ich denke so gut von Dir.

Ich danke Dir für Deine Grosszügigkeit und umarme Dich im Geiste herzlich, Dein Paul

12.2.2015

Lieber Ludwig

Wie geht es Dir gesundheitlich? Mich bedrückt meine Wohnungssuche, denn für mein Budget (Mietzins höchstens 1000 Franken) gibt es nicht viele wohnliche, schöne Wohnungen in Rorschach oder Rheineck; die billigste Wohnung in Staad beträgt 1700 Franken monatlich, was nichts für mich ist. Ich muss wohl eine erbärmlichen Wohnung ohne Balkon in Kauf nehmen, ich, der doch so gerne "sünnelet"; in der Sonne höckeln und zu lesen, wie schön ist das doch. In meiner nächsten Brosmete schreibe ich "Auf Wohnungssuche". Bis jetzt sagte ich bereits fünf Wohnungsvermietern ab, es ist sehr zeitaufwändig, Termine und Besichtigungen zu machen. Bei einer billigen Altbauwohnung stellte ich Pilze fest ..., eine andere hatte Risse in den Mauern oder es gab nur verbeulte Briefkästen und alles sah schäbig aus. Und, als Novum, in einem Althaus führte bloss eine sehr enge Wendeltreppe vom Parterre in den vierten Stock, man hätte unmöglich mein Pult hinaufbugsieren können, zudem war sie dicht am SBB-Geleise, an der Hauptstrasse und an der Autobahn: ein Höllenlärm, zudem waren die Wände derart abgeschrägt, dass ich keine Bücherwand hätte aufstellen kann, diese 2-Zimmer-Dachwohnung zu Fr. 1100, ein Wahn.

Eine zahlbare Wohnung war derart abgelegen, unter dem Steinigen Tisch in Thal, kommt für mich nicht in Frage. Da ich kein Auto habe und eben auch älter werde, muss ich problemfrei zu Fuss einkaufen können, zudem sollte ein Bahnhof in der Nähe sein (eher gehe ich in die Stadt St. Gallen ...).

Ja, ich habe ein mulmiges Gefühl. Wie weiter? Klar, ich habe noch Zeit, doch keine unbeschränkte. Der Kündigungstermin (31. März 2016) ist nicht verlängerbar, da er jetzt schon über ein Jahr ist, zudem die Hausbesitzer, eine Erbengemeinschaft, "Eigenbedarf" anmeldete. Und vor den Kosten schaudert es mich, als ich das letzte Mal von Lutzenberg hieher nach Staad zügelte, kostete es Fr. 1900.-. Dort musste ich keine Wohnungsreinigung zahlen, hier komme ich wohl nicht darum herum, ich veranschlage 2000 Franken.

Bei einer Wohnung hätte ich 2400 Franken Kaution, unversichert, eingehen müssen, was mir natürlich auch nicht einfällt (der Vermieter war ein dubioses Schlitzohr).

Zudem habe ich etwa zehntausend Bücher, die Hälfte immer noch nicht ausgepackt in der Garage. Ich müsste auch genügend Stauraum haben, doch wo gibt es das noch?
Nun, ich werde bei der Wohnungssuche voll am Ball bleiben, auch wenn ich etwas mutlos bin.

Verzeih mir, lieber Ludwig, dass ich keinen eloquenteren Brief schreibe, doch ich fühle, dass das Wasser bald meinen Hals erreicht.

Mit Andreotti ist jetzt Funkstille, das ist auch das Beste so.

Die Zeitgeschehnisse liegen schwer auf mir, wie ist die Welt doch böse, voller grauenerregender Gewalt, die Politiker samt und sonders irre Monstren. Wenn ich Nachrichten höre oder eine Zeitung durchblättre, muss ich fast weinen, was für eine entmenschlichte Welt voller Totschlag, Folter, Enthauptungen, Verbrennungen, Falschheiten, Städteumkämpfungen, Millionen und Abermillionen von Menschen auf der Flucht, Millionen von Kindern am Verhungern, Milliarden von Menschen gefangen (China), eine qualvolle Armut dominiert im Schatten von Superreichen, die konsumgeile Unterhaltungsindustrie weiss nicht mehr, wie verblödet sie sein soll.

Die Menschheit ist ein Skandal im Kosmos, eigentlich ist es traurig, unerträglich, weiterleben zu müssen. Da an Gott nicht irre zu werden, da die Menschheit doch gigantisch abverheit ist, bleibt vielleicht nur religiösen Fantasten vorbehalten.

Auch wenn ich mutlos bin, in mir rumort es.

Du, Ludwig, bist mir ein aufbauendes Vorbild, ich wünsche Dir ganz herzlich nur Gutes, Dein kleiner Paul

28.2.2015

Lieber Ludwig

Eine ruhige Wohnung unter derjenigen, in der mein Freund Marcel Huldi wohnt, wird frei, eine schöne 4-Zimmer-Wohnung mit einem grössern Südbalkon, da könnte ich auch alle meine Bücher wieder aufstellen, die jetzt in vierzig Schachteln in der Garage darben ... Weiherstrasse 6 in Rorschach. Es wäre ganz toll. Nur sie kostet Fr. 980.- monatlich, Fr. 250.- Nebenkosten monatlich, also Fr. 1230.- monatlich. Für uns, Marcel und mich, wäre es natürlich ein Wunder, so nahe beisammen zu wohnen. Da komme ich als kleiner Strudelwurmlyriker mit der Frage zu Dir: wäre es Dir möglich und wärst

Du gewillt, mich monatlich mit Fr. 200.- zu unterstützen? Verzeih mir bitte dieses kühne Unterfangen, doch ich wagte es, Dich als kleiner Bruder anzufragen, ich denke mir, ich durfte diese Frage stellen. Solltest Du Dich negativ entscheiden, so verstehe ich das und es hat in unserer schönen Beziehung keinen Einfluss. Ich kann halt für die Wohnung monatlich nicht mehr als Fr. 1000.- ausgeben bei meiner AHV von Fr. 2064.-.

Diese Wohnung unter jener von Marcel wäre für mich ein einmaliger Glücksfall. Kannst Du mir Deinen Entscheid möglichst bald mitteilen? Ich danke Dir für alles, ob Du Dich so oder so entscheidest.

Herzlich grüsst Dein Paul

Lieber Ludwig

Ich danke Dir sehr.

Deine zwei neuen Pendelblätter sind atemberaubend schön, wunderbar, wunderbar!

Herzlich grüsst Paul

9.4.2015

Lieber Ludwig

Was für eine Überraschung, was für eine riesengrosse
Freude, als ich heute Post von Dir bekam, das "Universensein 8" – "Im Wohllaut beglückender Zeiten" – und
dass Du Albert Rutz ein Buch von Dir schicktest, ohne
es mir in Rechnung zu stellen: Du bist unendlich gütig,
grosszügig, ich danke Dir ganz herzlich! Heute besuchte
ich Marcel in der Klinik Wil, er muss wieder mal einen
"Service" machen lassen.

Der Zügeltag – der 12. Mai – rückt näher, ich bin von
dem ganz absorbiert, ich bin ganz unruhig und auch etwas depressiv, doch alles in allem freue ich mich; ich
hatte administrativ, organisatorisch unendlich viel zu tun
– auch um alle Unterlagen zusammenzubekommen, die
nötig waren, um ein Gesuch um Ergänzungsleistungen
bei der AHV-Zweigstelle einzugeben, der Papierkrieg
war enorm. Die Mieterkaution von Fr. 2930.- ist auch
schon bezahlt, doch noch kommen manche kleinere und

grössere Zahlungen auf mich zu: Zügelkosten, ein paar Wohnungseinrichtungen, Rollos anstatt Vorhänge usw., Reinigung, Abfallmulde, 1 Tag Automiete, um heikle Sachen wie PCs, Musikanlagen, Buddhastatue usw. selber zu zügeln. Der Vermieter hier besteht darauf (es ist ein geldgeiler Anwalt), dass ich die Miete für Juni auch noch zahle, obwohl ich dann ja nicht mehr hier bin; ich werde den Vermieterschutz kontaktieren.

Die vierzig Schachteln (zuzüglich zu denen, die ich schon habe) zum Zügeln kommen erst zwei Wochen vor dem Zügeltermin, hui, dann muss ich mich aber ins Zeugs legen ...

All meine vielen Pflanzenkübeln auf der Terrasse hier muss ich entsorgen, was doch etwas traurig ist, doch es geht nicht anders.

Nachts lese ich sehr viel, das hält mich emotional und existenziell über Wasser.

Meine psychische Gesundheit ist etwas ins Wanken geraten, doch ich bin überzeugt, dass ich mich am neuen Wohnort wieder finde. Irgendwie bin ich ja ein alter Kapitän, der schon manche Stürme durchlebt hat, auch diesen werde ich meistern. Sobald ich mich in der neuen Wohnung eingelebt habe, werde ich Dein "Universensein 6 und 8" lesen, ich freue mich riesig darauf.

Ich bin gespannt, was mein Freund Albert Rutz zu Deinem Buch sagt (er ist ein paar wenige Jahre jünger als ich), er ist Schriftsteller, sehr intelligent, Bibliothekar an der Universität St. Gallen, sehr belesen, viel weltgereist, hat sehr viel erfahren, besitzt auch einen einmaligen heitern Humor, der sanft sehr wohltuend ist. In meiner St. Galler Zeit hatten wir eine intensive Künstlerfreundschaft, dann verloren wir uns viele Jahre lang aus den

Augen, letzthin trafen wir uns zufällig, und das Gespräch wurde wieder aufgenommen, auch der briefliche Kontakt. Ich erzählte ihm von Deinen Büchern, und er war begeistert und möchte nun etwas von Dir lesen. Dass Du, Ludwig, ihm das nun ermöglichst, finde ich wahnsinnig toll.

Ich habe in den letzten Wochen, ja Monaten, nichts mehr geschrieben, ich hoffe, das stellt sich, wenn alles wieder ruhiger geworden ist, erneut ein, ja?

Ich habe Schlafstörungen, auch da hoffe ich, dass sich das wieder ergibt.

Ich versuche nun, wie ein alter Seemann durch die Stürme zu lavieren, gegen meine Existenzängste zu kreuzen, hélas!

Dass Du zu mir hältst, lieber Ludwig, ist für mich ein Wunder, für das ich mit ganzem Herzen danke.

Dir wünsche ich ganzheitlich eine ganz gute Zeit, es grüsst, Dich umarmend, der kleine Lyriker Paul

2.5.2015

Lieber Ludwig

Nun habe ich 120 grosse Bücherschachteln gepackt – den andern Krimskrams in 30 Schachteln, bald bin ich fertig mit dem Packen. Für die Abfallmulde steht auch schon vieles bereit.

Mit dem Vermieter bin ich im Clinch, er ist Anwalt, eine Schlange. Doch ich meistere das alles mit dem Mieterschutz und der Versicherung ... Die Junimonatsmiete stelle ich ein und dann will ich sehen, was sich wie einvernehmlich regeln lässt.

Alles in allem freue ich mich, doch die Zügelkosten und die Reinigung sind enorm hoch.

Ich war Anfang Woche beim Arzt, da mich wieder Depressionen plagten, doch jetzt mit Antidepressivatabletten geht es mir wieder gut.

Heute Nacht lese ich eine grosse Beethoven-Biografie zu Ende, die mich sehr aufwühlte: was für ein leidenschaftliches, aufbrausendes, einsames Genie!

Letztes Wochenende war Marcel bei mir, er packte seine vielen Sachen, die er bei mir hat; er ist immer noch auf der Entzugsstation in der Klinik Wil, er wird wohl noch einige Wochen dort weilen müssen; dann wohnt er gerade einen Stock über mir, was eine ganz tolle, schöne Situation, Konstellation ist. In meiner Wohnung habe ich ihm ein eigenes Zimmer eingerichtet, er wird gewiss meist bei mir sein.

Dem neuen St. Galler Verlag schickte ich zwei Lyrik- und Prosamanuskripte (Konvolute), besonders die Prosa scheint in einem ersten Schritt anzukommen, ich wurde gebeten, diese auch elektronisch zu senden. Dass es zu einem Vertrag und einer Publikation kommen wird, glaube ich leider nicht, es wäre zu schön. Doch ein Zipfel Hoffnung besteht noch ... (Es geht um "Oleivo der Maler" und "Simon der Dichter".) Dr. Rupert Kalkofen, Literaturdozent an der Universität St. Gallen – er ist Verlagszuständiger – ist bis jetzt sehr interessiert (was aber nichts heisst). – Alors, abwarten.

Wie geht es Dir, lieber Ludwig?

Ich wünsche Dir herzlich nur Gutes, Dein Paul

10.5.2015

Alors, übermorgen zu dieser Zeit bin in der neuen Wohnung zuhause: Weiherweg 6, 9400 Rorschach.

Dass ich als alter "Zirkusdirektor" eine nächste Vorführung haben werde, glaube ich auch (wieder); wenn ich in der neuen Wohnung eingerichtet sein werde, was einige Wochen dauern wird, möchte ich wieder schreiben ... Als Bohemien könnte ich nicht schreiben, ich brauche mein Tusculum, mein definitives Zuhausewohnen mit meinen Büchern, mit meiner Schreibtischordnung, mein ganzes Drumherum mit Zapfenzieher, Kerze, Belcanto, ich bin kein Caféhausliterat. Manchmal durch die Turbulenzen der Lust zu ziehen, doch im Ganzen mein festgefügtes geordnetes Wie-immer-Haben, ist mir für mein Gleichgewicht, aus dem heraus ich meistens schreibe, vonnöten. In der ungeordneten unsichern Lebenslage verstumme ich. Ich brauche ein Definitivum, um schreiben zu können, ein Provisorium absorbiert mich zu sehr.

Wenn Du, lieber Ludwig, mir ein Mail schreiben möchtest, so ist das natürlich weiterhin gewährt, meine alte Mail-Adresse bleibt gültig.

Heute habe ich von Mary Lavater-Sloman zum zweiten Mal ihre Romanbiografie über Shakespeare gelesen: ein Fest!
Ich bin glücklich, dass Du, liebster Ludwig, mein Freund, mein grösserer Bruder bist, ohne Deine mensch-

liche Zuwendung hätte ich meine jetzige Lebenssituationsveränderung kaum geschafft; Dein Zumirstehen, Zumirhalten ist für mich Lebenskraft, Aufmunterung, existenzielle Hilfe.

Nebenbei noch: Mit dem jetzigen Nachbarn unter mir, ein Säufer und Pöbler, hatte ich in den letzten Wochen eine sehr gute Beziehung gefunden, ich war oft bei ihm und pläuderlte mit ihm, räuchlete, diskutierte, trank ein Weinchen, er ist im Grunde sehr sensibel (70-jährig), hat viel erlebt, kann jetzt kaum mehr gehen, ist seit drei Jahren in seiner Wohnung gefangen, ein menschliches tragisches Schicksal; wir mögen uns. Er ist traurig, dass ich nun ausziehe ...

Dafür hat die alte (90-jährige) Hausbesitzerin Frau Thür nochmals Gift und Galle gegen mich gespeit, henu.

Ich hatte Wohnadressen in Basel, Birsfelden BL, Nuglar SO, Oberägeri ZG, Knonau ZH, Ried SZ, vier in der Stadt Gallen, Wolfhalden AR, Lutzenberg AR, Staad SG (was habe ich vergessen?) und jetzt eben noch Rorschach SG, also vierzehn Adressen in meinem Leben, wenn ich richtig gezählt habe, dazu 99 Publikationen, drei Preise und zwei Druckkostenzuwendungen, zusammengezählt war ich einige Monate im Ausland, schrieb über zwanzigtausend Briefe, nun, ich denke mir, kein Biograf muss sich damit abmühen, ich bin zu unbedeutend. Ich kannte Dutzende von Künstlern und Künstlerinnen, teils sehr nahe und intensiv, lebe seit zwanzig Jahren mit meinem Freund Marcel zusammen, den ich sehr liebe.

So, nun habe ich aber munter ausgeholt, Dir, lieber Ludwig, mitgeteilt.

Wie geht es Dir?

Ich wünsche Dir herzlich nur Gutes, Liebes, Künstlerisches.

1.6.2015

Lieber Ludwig

Es ist bei mir so etwas wie ein Durchbruch geschehen, ich schreibe jetzt PSALMEN, also Lobgesänge (in Prosa). Ich habe wieder grossen Mut, dass mir da ein grosser bunter Blumenstrauss an Gedanken, Gefühlsöffnungen und existenziellen Auffächerungen zuteil wird.

Herzlich grüsst Dein Paul

1.6.2015

Psalmen

Der Stein liegt verschattet am Ufer, mich blendet sein Kern.

Lichtdurchädert dein Körper – auf dich hin eile ich zu.

Sumerische, assyrische, babylonische Bilder im Herzen: Komm zu mir, du bist mein liebster Gast, du bist der, den ich seit tausenden Jahren erwartete.

Ich stand an schwärzesten Abgründen, rachezähnige Verzweiflung durchtobte mich, doch das hält mich nicht ab, dich Leben, dich Universum zu besingen.

Lieblich gefiederte, netznervig pulsierende, sparrig verzweigte Liebe unter den Schuhen, den Blick zu Antares, Hand in Hand wage ich mit dir den nächsten Schritt.

Spektralanalysen, Sonnen- und Sterndispersionen, Umlaufbahnen und nautische Dämmerungen: Grashalm, lache, ich rede von dir.

6.6.2015

Lieber Ludwig

Gestern um diese Zeit war ich auf der Notfallstation im St. Galler Kantonsspital. Ich hatte ein Fest mit einem guten Kollegen, auf dem Bahnhof wurde ich angerempelt und stürzte zu Boden. Unerwarteterweise kam sofort die Bahnpolizei und liess mich mit dem Krankenauto ins Spital zur Abklärung einliefern, dieses fuhr mit Blaulicht ... Nach ein paar Stunden konnte ich mit dem Taxi wieder nach Hause fahren, ohne ernsthafte Verletzung. Das ist nun die dritte Belästigung im Bahnhof St. Gallen, zweimal habe ich mit dem Pfefferspray erfolgreich abwehren können, diesmal klappte es nicht. Herrgottschtärnechaibnochmals, bin ich ein Freiwild geworden, nur weil ich weisse Haare habe? Nochmals waren gute Schutzgeister da. Herzlich grüsst Dein Paul

10.6.2015

Lieber Ludwig

Nun, ich wurde auf dem Bahnhof St. Gallen überfallen, zu Boden geschlagen, habe eine leichte Gehirnerschütterung, Schürfwunden, mir wurde in den Rücken getreten, ich wurde als Notfall ins Spital eingewiesen. Ich war bei einem ehemals guten Freund, wir kamen uns acht Jahre aus den Augen, wir festeten unsere Begegnung. Dieser Mensch hat viel Leiden erlebt. Ich wende mich gern geschundenen Menschen zu. Was sind schon "Heroen" der Weltgeschichte, meist sind es Neurotiker, Psychopathen, Neidhammel, Grössenwahnsinnige, durch und durch Falsche, Frustrierte, Perverse. Da sind mir die vielen unbekannten kleinen unbeachteten Menschen näher meinem Herzen. Was wir wirklich sind, ist nichts Heroisches, sondern eine Alltagsbemühung, gut zu sein. Ich denke gar, es gibt das Heroische gar nicht, das ist eine Farce, eine Täuschung, eine pseudoromantische Einfärbung. Ich liebe zum Beispiel Hermann Hesse als Schriftsteller sehr, doch als Mensch war er eine Sau. Heilige sind oftmals sexuell kranke Menschen.

Stand ich vor einer evolutiven neuen Aufgabe, als ich niedergeschlagen wurde? Pardon, lieber Ludwig, ich verstehe Dein letztes Mail nicht so ganz. Ist mein Niedergeschlagenwerden nur einerseits bedauerlich, wie Du schreibst? Sollte mich das nicht beeindrucken? wie Du meinst.

Nun, mir ist das Kleine wichtiger als das angeblich Grosse.

Herzlich grüsst Dein Paul

11.6.2015

Lieber Ludwig

Heute kam Dein "Universensein 7" zu mir mit einer Widmung, wie nur Du es verstehst: Ich danke Dir von ganzem Herzen. Dein Opus wird mir in diesem Sommer viele Stunden bereichern.

Ich bin zurzeit energielos, geschwächt, nahe am Mutlosen, doch es kommt schon wieder.

Ich bin glücklich, dass Du mir Dein Opus geschenkt hast, ich freue mich aufs Lesen.

Mit meinen Psalmen geht es nicht so richtig, irgendwie habe ich den Tonfall, wie ich es möchte, nicht getroffen. Ich werde daran arbeiten.

Heute kaufte ich die "Apotheose der Grundlosigkeit" des russischen Philosophen Lew Schestow (1866 – 1938).

Ich danke Dir ganz, ganz herzlich und grüsse freundschaftlich, brüderlich gesinnt, Dein kleiner Paul

Rorschach, 13. Juni 2015

Lieber Ludwig,

was für eine unendliche Überraschung, als ich heute den PostFinance-Kontostand abfragte, feststellen zu dürfen, dass Du mir einen so grossen Betrag als Züglete-Hilfe überwiesen hast, ich war sprachlos vor Glück, zitterte vor Freude und Erleichterung und Dankgefühlen, Du bist der grosszügigste Mensch der Welt, Deine Hilfe ist für mich existenziell, ich danke Dir von ganzem Herzen. Es ist unfassbar wunderbar, wie Du mir hilfst, ohne Deine Hilfe wäre ich schon vor Jahren auf der Strecke liegengeblieben – und jetzt wiederum diese überaus grosse finanzielle Hilfe, ich danke Dir von ganzem Herzen vieltausendmal.

Diesen russischen Philosophen Lew Issaakowitsch Schestow, den ich für mich entdeckte, scheint ganz nach meinem Geschmack zu sein. Nichts war Schestow mehr zuwider als die Selbsteinkerkerung des Denkens in fest definierten Begriffswelten. „Weshalb zu einem Schluss kommen? Wozu ein letztes Wort? Wozu eine Weltanschauung?", fragte er sich (geboren 1866 in Kiew, gestorben 1938 als Exilant in Paris). Er spricht wie aus meinem Herzen, zudem verstehe ich seine Sprache (übersetzt von Felix Philipp Ingold); ich wollte von Hans Jonas „Das Prinzip Leben. Ansätze zu einer philosophischen Biologie" lesen, doch Jonas' hochseilartistische Philosophensprache verstand ich nicht, er ist mir zu abgehoben, leider unverständlich.

Und da liegt Dein „Universensein 7" neben mir, ich freue mich, es bald zu lesen; ich werde es in kleinen Etappen lesen, damit ich es gut aufnehmen kann und nichts überlese, da bin ich recht gefordert.

Da mein Rückenweh wieder zurückgeht, kann ich nächste Woche einen kleinen Transporter mieten und Büchertablare (14 Stück) und Backsteine (30 Stück) als Bücherstützen kaufen und das letzte Zimmer einrichten, ich freue mich darauf. Es wird hier meine grösste Bücherwand geben … (24 Meter für Bücher).

Ich glaube, ich finde mich als Schriftsteller, als Lyriker wieder, doch sicher ist es noch nicht. Mit den Psalmen „haut" es nicht so, wie ich möchte. Jetzt bin ich vorläufig einfach ein grosser Leser, Werner Bergengruen, Hermann Kesten, Peter Bamm, Else Lasker-Schüler (sie immer wieder), Lew Schestow, Ludwig Weibel und andere.

Etwas vom Wertvollsten in meiner Bibliothek ist der Ludwig Weibel!

Meine Prosawerke „Oleivo der Maler" und „Simon der Dichter" sind beim neuen St. Galler Verlag immer noch in der Vernehmlassung, wie mir mitgeteilt worden ist. Ha, hoffentlich erlebe ich das Ende dieser Vernehmlassung noch, ich gebe mir keine grossen Hoffnungen mehr, dass sie anbeissen.

Lieber, liebster Ludwig, ich danke Dir nochmals ganz fest und tief für Deine grosse Unterstützung, ich bin unendlich gerührt und erleichtert.

Existenziell herzlich grüsst Dein Paul, der alte Zackenbarsch

20.7.2015

Lieber Ludwig,

Jetzt lese ich von Hermann Kesten eine umfangreiche Copernicus-Biografie: hochinteressant. Zudem lese ich wieder Thomas Merton, er war Trappistenmönch und Mystiker (1915 bis 1096); als 20- bis 23-Jähriger las ich zwölf Bücher von ihm, jetzt lese ich erneut als 66-Jähriger „Der Aufstieg zur Wahrheit", ich bin feurig hingerissen. Klar, da und dort meldet sich bei mir Kritik, da ich ja kein kirchlich-katholischer Christ mehr bin, doch dort, wo es um die „Beschauung" geht, wühlt es mich auf – ganz im Geiste von Johannes vom Kreuz geschrieben, der mein Lieblingsmystiker ist. Johannes vom Kreuz' Gesamtwerk begleitet mich durch mein ganzes Leben. Ich war ja einmal Trappistenpostulant, da kommen mir beim modernen Trappisten Thomas Merton viele starke Gefühle und Gedanken auf (er war zwei Jahre Novizenmeister von Trappistennovize Ernesto Cardenal, den ich auch sehr liebe, besonders seine Psalmen und Gedichte).

Und wie gut tut mich Dein „Universensein 7", es ist höchst inspirierte Philosophie, Mystik und Poesie, wie sie die Welt sonst nicht kennt. Absolut einmalig in dieser Art! Du bist, Ludwig, der Vollender zweier Jahrtausende, was es in der geistlichen Literatur je gab, mit einer Wirkkraft, deren sich erst die nächsten Jahrhunderte bewusst werden, ich bewundere Dich sehr.

Du hast ein E-Book lanciert, tut sich was? Ich bin da etwas altmodisch, ich halte nicht viel davon, meine einfach, die Wirkung in diesem unermesslichen WEB ist doch im Grunde rabiat klein, sofern es nicht sensationslüstern aufgereizt ist. Täusche ich mich?

Jetzt höre ich Verdis „La Forza del Destino", die Macht des Schicksals, trinke leichtfüssigen Weisswein, rauche meine Pfeife, Du weisst es, es sind die „Rituale" meines Tusculums.

Bis jetzt habe ich, Du weisst es, 99 Opera publiziert, ob da ein op. 100 folgen wird? Ich weiss es noch nicht.

Meine Prosamanuskripte „Oleivo der Maler" und „Simon der Dichter" sind nun seit Mitte März bei einem St. Galler Verlag in der Vernehmlassung, also seit über einem Dritteljahr, ich finde das verrückt. Doch mir sind die Hände gebunden, ich muss einfach zuwarten, was diese verkaufsorientierten Grössen beschliessen. Meine Ungeduld nimmt zu. Doch meine E-Mail-Adresse ist bekannt, zudem gab ich meine Adressänderung durch, mehr kann ich leider nicht machen, brr. (Ein Entscheid an meine Staader Adresse würde mir die Post nachschicken.)

Als ich letzthin auf die Notfallstation des Kantonsspitals überführt wurde, waren meine Gedanken eigentlich todesnah. Es ist schön zu leben, doch mir graust vor der Zukunft. Ich müsste mehr von Deiner Zuversicht haben, doch ohne Geld läuft in unserer Gesellschaft rein gar nichts. Ich bin wohl ein kleiner Lyriker, der grässlich verarmt … Ich habe Angst vor der Armut, die mich wohl in ein, zwei Jahren packen wird …

Auch ein Thomas Merton war natürlich monastisch abgesichert; die Absicherung ist es, die beflügelt; ohne Geld kein „Aufstieg zur Wahrheit", wer anderes sagt, täuscht sich. Ohne Geld gibt es in diesem zähne-fletschenden Kapitalismus kaum Kunst, kaum Erkenntnis, wer anderes sagt, ist ein Schönfärber mit einem grossen Konto hinter sich. Armut ist grausam.

Ich kenne viele sehr arme Menschen, das ist schlimm; Arme sind in dieser hochfeissten Gesellschaft Vogel-freie, es ist zum Heulen.

Und das Christentum mit ihren in Palästen residierenden Bischöfen ist eine Schande, eine Travestie Christi.

Das Malaise ist umfassend.

Lieber Ludwig, ich durfte Dir gegenüber wieder mal mein Herz öffnen, ich danke Dir.

Ich wünsche Dir von Herzen nur Liebes, Gutes, existenziell grüssestens Dein Paul

Das existenzielle Fest auf das Leben

Lieber Ludwig,

Ich bin Deinem Link gefolgt und habe Deine acht „Universensein"-Bücher, die Du ins Internet stelltest, gesehen, ich bin tief beeindruckt! Was für eine Fülle, eigentlich ein ganzes Lebenswerk. Und wie schön sind Deine Buchumschläge mit Deinen filigranen, feinst ziselierten rhythmischen Bildern, ein Fest fürs Auge. Ich bin begeistert, Du. Da werden sich einige Leser, Käufer finden lassen, denke ich optimistisch. Deine Bücher sind wie eine Offerte ans bessere Menschsein, ein Geschenk des (Da-)Seins.

Dass Du mir anerbietest, meinen „Oleivo der Maler" auch als Book on Demand BoD zu gestalten, herstellen zu lassen, ist wiederum ein grosszügiges Geschenk von Dir, das ich gerne annehme, nur möchte ich noch abwarten, ob er beim St. Galler Verlag angenommen wird oder nicht. Ich glaube nicht mehr, dass er angenommen wird, und dann wäre es natürlich herrlich, wenn er übers BoD beziehbar wäre. Ich könnte ihn Dir online zukommen lassen, doch dann müsste ich alles Dir überlassen, da ich da konkret nicht drauskomme. Dass Du das machen würdest, ist für mich ein unfassbares Geschenk. Du bist mir auch in „elektronischen Belangen" weit überlegen.

„Die gottverklärten Häupter", „Vom Gottesgeist am Gängelband geführt", „Krönung allen Schöpfertums", „Sphären des allerherrlichen Gelingens", „Zelebration der Geistgeburt", „Grazie des Allerhöchsten", „Grandiose Schau auf was du Bist", „Unter deines Seins Ägide": Schon diese inspirierten Titel offenbaren hinweisend Deine Seins-Inspirationen, ein hochstehendes existenzielles Fest auf das Leben, auf eine

Schau des Lebens, auf eine mystische Beschauung, auf eine poetische Philosophie, die nichts Seinesgleichen kennt. Ohne zu moralisieren, stellst Du Wegmarken, Wegweiser im Dickicht der Moderne auf. Du bist ein echter Seelenführer für alle Suchenden. Deine Mystik kennt alle Gefährdungen des Lebens, alle Hochs und Tiefs, und Du umrankst sie in einer Fülle von Ermahnungen, Tiefblicken, Einsichten, ekstatisch-fröhlichen Bildern, greifst sanft ins volle Leben und zeigst neue Wege auf, verstehst es, Mut zu machen, über das eigene Ich hinauszublicken zum sternenbesäten Sein, das Kleine ins Grosse verklärend, Hoffnungs-losigkeit geringzuschätzen im Angesicht des Uni-versums; in Dir, aus Dir ist eine schöne Seinsgewissheit zu spüren, die befreit, die Kraft gibt.

Du bist der Grösste des Worts, der Einsicht, des mitteilsam Beschauenden.

Ich blicke zu Dir auf.

Herzlich grüsst Dein Paul

Lieber Ludwig,

ich las heute etwas in Deinem Buch „Liebe und Sein", es ist wundervoll; von Deinen vielen guten Büchern ist es eines der besten, eines, das mich ganz besonders anspricht. „Freiheit des Gewissens in der Sorgen-losigkeit des Seins vor allem ist vonnöten, wenn die Lebenswogen hoch sich türmen und die Drohgebärden künftiger Tage vor dir stehen", so schreibst Du treffend, verstehend, mitfühlend, erkennend, vorauswissend. Wäre ich Kritiker, erkennte ich auch da und dort die Esoterik eines Rudolf Steiner, doch der Ludwig Weibel hat längst eine eigene Schau aufs Sein gefunden, wunderbar formuliert, wie es nur ein grosser Dichter, ein grosser Philosoph kann. Für mich sind Deine Bücher schwierig, doch ich liebe sie, sie bewegen mich, sie finden mich auf. „Niemand weiss, in welche Tiefen sich das Menschenherz vergräbt, wenn es sich selber sucht, und welche Höhen ihm beschieden, wenn seine Fühler sich zum Andern wenden, zum Du der Welt, das ihm in Lieblichkeit begegnet, und Vertrauen", lese ich in „Liebe und Sein". Das ist nicht nur fast rhythmisiertes Benennen eines weisen Durchleuchtens des menschlichen Herzens, sondern deutet ein Gefundenhaben im Sein, im Da-Sein an, das mich überwältigt. In Deinem Rang kommt Dir niemand gleich.

Ich finde es wunderbar, wie positiv Du bist – auch auf Deine vielen Bücher gesehen. Du hast wohl recht: Kopf hoch!

„Immer gibt es helle Punkte, die uns in die Weite führen einer Zeit des abergründigen Vertrauens …", lese ich in Deinem „Liebe und Sein".

Du, Ludwig, hilfst mir immer wieder, wenn ich verzage. Ich danke Dir.

Herzlich grüsst Dein Paul

5.9.2015

Die Lust
des ersten Satzes

Manchmal streife ich durch meine Hausbibliothek in den verschiedenen Zimmern, zupfe wahllos ein Buch heraus und lese den ersten Satz, und dabei pocht mein Herz in hohen Sprüngen. „Im Anfang schuf Gott den Himmel und die Erde." Was für ein Satz im Buch Genesis, da wird die Welt, das Leben eingeläutet. Der Roman „Weingott" von Wilhelm Lehmann beginnt so: „Der süsse Geist der Gestaltung und der grauenvolle Geist der Gestaltlosigkeit liegen immer miteinander im Kampf." Bei Yasunari Kawabata in „Ein Kirschbaum im Winter" lese ich: „Ogata Shingo, die Brauen zusammengezogen, den Mund leicht geöffnet, schien über etwas nachzudenken." In Pearl S. Bucks „Die gute Erde" steht folgender kurze Satz am Anfang: „Es war Wang Lungs Hochzeitstag." „Henri blickte ein letztes Mal zum Himmel hinauf: ein schwarzer Kristall", leitet „Die Mandarins von Paris" von Simone de Beauvoir ein. „Elizabeth war gerade sechzehn, als sie die Plantage in einer vom Gesang der Frösche widerhallenden Nacht zum ersten Mal erblickte, und zunächst hatte sie Angst", leitet den Roman „Von fernen Ländern" von Julien Green ein. Herbert Rosendorfers Romanouvertüre von „Der Ruinenbaumeister" lautet so: „Wer in einen Zug steigt, in dem sechshundert Nonnen eine Wallfahrt nach Lourdes antreten, ist froh, ein Abteil für sich allein zu finden, auch wenn ihm darin ein komisches leises Pfeifen und mehr noch ein leichter kalter, säuerlicher Geruch auffällt."

Nun würde ich am liebsten den ersten Satz von Michel Leiris' vierbändigem Werk „Die Spielregel" zitieren, doch das geht leider nicht, er ist zu lang, er füllte eine ganze Zeitungsspalte. (Ich stelle „Die Spielregel" von Michel Leiris als literarisches Kunstwerk weit über James Joyces „Ulysses".)

Es ist eine Lust, erste Romansätze zu lesen, denn jeder Satz, ob kurz oder lang, ist wie ein Gongschlag der Erwartung, fächert meine Unruhe auf: Was wird geschehen?

Der Roman „Der besessene Bibliothekar" von Mircea Eliade beginnt so: „Am Morgen des 28. April klopfte ein unerwarteter Besucher an die Tür des Pförtners Julius." – Ach, ich taumle schier vor Freude. Ich erinnere mich: Was für ein Lesefest, als ich dieses Buch las …
Paul Gisi

16.9.2015

Lieber Ludwig Seine Heiligkeit der vierzehnte Dalai Lama.

Ich denke selbst, dass der "Knurrhahn" ein guter Wurf geworden ist, c'est maniaque, fantastique, un témoignage de ma vie.
Ich habe einen Flyer gestaltet, den ich Dir in den Anhang stelle; ich werde mir noch differenziert überlegen, in welche vier Himmelsrichtungen ich ihn flattern lassen werde, sapperlotnochmals.
Jetzt höre ich Donizettis seelenerbebende dramatische Belcantooper "Lucrezia Borgia" total aufgewühlt, als hörte ich sie zum ersten Mal, obwohl ich sie gewiss schon über fünftausend Mal gehört habe ...
Nun lese ich in Deiner "Zelebration der Geistgeburt. Mondial soll dein Verständnis werden": "Der Komet und seine Augenweide, ihn zu schauen, wie die Sagen-haftigkeit des Sternenhimmels und darin, im Geisteslicht, sich selbst zu finden: das ist der Seele inniglich erfahr'nes Wohl." - Ach, lieber Ludwig, Du bist der weiseste Seelenführer, der grösste Mystiker, Du weist so sanft und wortgewaltig auf das Grössere hin, auf das GROSSE SEIN, das in uns schlummert, es ist ein bereicherndes Fest, Dich zu lesen. "Rollend, grollend, mit erheblichem Gewitter zieh ich aus und kehre friedevollen Schreitens und Begleitens froh und

flötenspielend wieder. Alles, was von Mir bereitet ist, verströmt den Duft der Heiterkeit und des holdseligen Lächelns in die Weiten Meines Mich-im-All-Erfühlens."

Da kann ich mich nur demütig vor Dir verneigen.
Du bist ein Wunder!
Ich bin nur ein kleiner Laternenfisch, ein Zackenbarsch, ein Knurrhahn, ein Meeresbewohner unter anderen.

Ich wünsche Dir eine gute Nacht, grüssestens Dein Paul

24.9.2015

Die Freiheit
zu leben

Was für eine Schelmiade zu leben! Zu leben und zu denken und zu fühlen, was mir passt, was ich zu handeln gedenke, Menschen zu begegnen, Menschen mit polentafarbenem oder schlohweissem Haar, Leichtsinn und Fahrlässigkeiten anzuerkennen oder abzulehnen, Mottenschildläusen nachzujagen, nesselfrieslige Briefe zu schreiben, wichtige Briefe, die mir geschickt werden, in den Papierkorb zu werfen, die Hammondorgel zu spielen, in medias res zu gehen (mitten in die Dinge hinein), wenn mir etwas nicht passt, was für eine Lust, in Freiheit zu leben, einkeimblättrige Blütenpflanzen zu züchten, virtuos formativ ein Bild zu malen, an einer Beerdigung zu lachen, Artigkeiten zu mauscheln, Butterbirnen zu schmausen, die Pflichten können einen Menschen unterhöhlen, doch lachen wir und watscheln ruhig weiter, so schlimm kann nichts sein, dass einem das Leben in Freiheit nicht mehr zulacht, wie liebe ich quirlständige, gefiederte Begegnungen, wo alles unklar ist, wo Ackerstiefmütterchen weisslichgelb und hell-violett winken, Chinesische Rotbauchunken mit ihren

Schallblasen flöten, zu leben ist ein Fest, besonders wenn man alle Fremdbestimmungen über Bord geworfen hat, für Kontoauszüge nur noch Verachtung übrig hat, wenn man Rechnungen zum Anzünden der Pfeife benützt, mit einem Heilsarmeemitglied eine Flasche Rotwein trinkt, die Welt ist nicht so todlangweilig, wie es oft scheint, man muss nur die Radionachrichten abschalten (einen Fernseher habe ich sowieso nicht) und einen Roman aufschlagen, eine Biografie über einen Surrealisten lesen, eine Oper semiseria, ein Dramma per musica, von Gioacchino Rossini hören, in die Wolken blasen, wo ohne Zunehmen und Abnehmen menschlicher Geist verwirklicht wird, die Freiheit findet sich dort, ein schallend lautes Lachen ist wohl eines Meisters wert, es gibt, wenn's wichtig wird, keine Hoffnung, keine Furcht, die Freiheit zu leben endet nicht mit dem Tod, denn es gibt keinen Tod, es gibt nur Verwandlungen, unbegrenztes Leben, das ist die grosse Freiheit, zu leben im herbstlichen Blätter-niedergang, im Haschen nach Wind, im Singen der Bäume, in den Wellen des Meers, in einer existenziellen Begegnung mit sich selbst.

Paul Gisi

6.10.2015

Lieber Ludwig,

ich lese zurzeit das Buch „Am Teich der Lotosblumen", Märchen aus dem Nahen und Fernen Orient, gesammelt und vorgestellt von Perl S. Buck. Ich bin entzückt, es sind wunderbare, herrliche Märchen, ein Labsal für die Seele.

Mein Freund Albert Rutz (Du erinnerst Dich, er ist Bibliothekar an der Universität St. Gallen und Du schenktest ihm letzthin ein Buch von Dir), schrieb mir: „'Die Nächte des Knurrhahns' sind herrlich. Erinnert an die ‚Französischen Moralisten'. Aphorismen – teils schwärmerisch, teils ketzerisch, teils sinnlich, teils philosophisch – ein Naschmarkt der Heiterkeit, ein Schwarzes Loch der Nüchternheit, Yggdrasil & Stradivari, Eden & Hades, Urknall & Schalmeienklang!"

Ich legte Albert auch ein paar Lyrikbändchen bei. Dazu schreibt er: „… mit den Gedichten muss Du mir etwas Zeit lassen, lieber Pablo! Doch ich kann nicht sagen, dass ich nicht schon reingeguckt hätte, verstohlen fast & zwischendurch, wie Säumer oder Trapper sich etwas von ihrem Mundvorrat nehmen … Und ich kann auch nicht sagen, dass sie mir nicht gefallen … Manche gefallen mir sogar sehr. Wer weiss – vielleicht bis Du ein zweiter Paul Celan, ein Ungaretti, ein Ezra Pound …!

Aus der neuen Welt
im letzten Sonnenstrahl
fallen die Hüllen –
wir umarmen uns
als wärs der achte Schöpfungstag"

Der Lyriker und mein Freund Fredy Stäheli schrieb mir zum „Knurrhahn": „Ich habe mit Vergnügen darin geschmökert und werde das zwischendurch immer wieder tun."

Es gibt doch auch Zeitschriften, Foren fürs Spirituelle, Esoterisch-Nahe, ich bin gespannt, was Du da unternimmst. Ich denke mir, da könntest Du Deine Bücher vorstellen, ja?

Ich habe auch wieder begonnen, Aphorismen zu schreiben – ohne dass ich zu belehren wünsche!

Wirklichkeit ist nicht von der Täuschung zu trennen.

Liebe kann nicht erklärt werden, sie ist Liebe zum Sein.

Philosophen sind Menschen, die bei Sonnenschein einen Regenschirm aufspannen.

Religion ist die Treppe vom Parterre in den ersten Stock – von den darüberliegenden Stockwerken weiss sie nichts.

Wer auf ein Zentrum hineilt, liegt immer daneben.

Erleuchtung gibt es nur jenseits des Verstandes; Verstand fesselt.

Ich schreibe wieder, so, als wäre ich sehr lange schwer krank gewesen: in behutsamen kleinen Wortschritten, mir begegnet die Welt, als wäre sie völlig neu, ich nehme alles wahr, als wär's das erste Mal.

Ich bin glücklich, lieber Ludwig, dass wir uns kennen, dass Du mein grösserer Freund und Bruder bist und mir hilfreich zur Seite stehst.

Mit meinem ganzen Sein danke ich Dir.

Herzlich grüsst Dein Paul

7. 10. 2015

Leiber Lu Wei-bel der Weise,

Bald habe ich „Am Teich der Lotosblüten", die Märchen aus dem Nahen und Fernen Orient, die Pearl S. Buck gesammelt hat, zu Ende gelesen, und mein Herz wogt in Freude. Vielleicht beginne ich bald mit der Lektüre von „Tausendundeiner Nacht", die phantasievollen orientalischen Liebes-, Abenteuer-, Gauner- und Schelmengeschichten, die ich in drei illustrierten Bänden bei mir habe (2648 Seiten). Ich glaube, ich bin nun „reif" dafür. In einer Zeit der Gräuel, der Massenmorde, der Kriege, der Flüchtlingsströme (64 Millionen Menschen sind vor Terror, Bomben und Abschlachtung auf der Flucht) verraten Märchen und Geschichten zutiefst viel über das Wesen des Menschlichen. Schlimmstmögliche Wendungen verwirklichen sich, und am „Ende" wird alles gut. Sultan Scheherban hat einen furchtbaren Schwur getan: Jede Nacht will er ein anderes Mädchen seines Landes besitzen, und am Morgen darauf soll es hingerichtet werden. So will er sich für die Untreue der Frauen rächen, denn er glaubt, es gebe auf der Erde kein einziges tugendhaftes Weib. Erst die Schönheit, die Liebe und die Kunst des Geschichtenerzählens der klugen Scheherazade bezaubern ihn und heilen ihn von seiner Wahnidee.

Bald wird bekannt gegeben, wer den diesjährigen Literaturnobelpreis erhalten wird; nun, es ist ein sich wiederholender Zirkus, dennoch bin ich immer wieder gespannt …

Ich würde den Literaturnobelpreis dieses Jahr Ludwig Weibel geben, denn seine über zwanzig Bücher an Lebensweisheit und Lebensinnigkeit in einer unverwechselbaren wortgewaltigen ekstatischen und rhythmisierten Prosa, die sich von allem Bekannten abhebt, die singt und dennoch geheimnisvoll präzise ausformuliert in den „Ewigkeitsdimensionen" (Dein Wort), eine zeitgemässe menschheitsvereinigende Mystik, „Immer weiter in die Bruderschaft der Sternenwelt" (Ludwig Weibel), da sehe ich eine Friedrich-Schillersche Nähe. „… die Wahrnehmung einer grenzenlosen Energie unendlichen Seins, (…), dieses Sein ist unendlich erhaben über unser Ich, über jedes Ich und jede Ich-Kollektivität", finde ich bei Sri Aurobindo (auch wenn ich meine, Aurobindo nimmt das Wort „unendlich" zu oft, zu leichtfertig in den Mund).

Du weisst es, Ludwig, ich bin fürs Individuum, ich denke mir, auch ein Säufer aus der Vorstadt beinhaltet das Universum. Die (buddhistische) Ansicht, dass alles nichtig ist, ist mir fremd. Der einzelne Mensch ist das Göttliche, das Universale. „Zugleich fern und nah zu sein", lese ich bei Dir. Ich verneige mich vor Dir.

Und beim Adagio von Johannes Brahms' Violinkonzert D-Dur op. 77 erschauere ich …

Seit März dieses Jahres hat der Sanktgallische Genossenschaftsverlag mein Manuskript „Oleivo der Maler" und „Simon der Dichter", also bereits seit sieben Monaten, und ich habe immer noch keine Meldung, ich finde das schweinisch. Da frage ich Dich scheu an, könnten wir das nicht nächstes Jahr als Book on Demand machen? Albert Rutz würde evtl. ein Nachwort schreiben … (ich habe seine Zustimmung noch nicht, doch er schrieb mir, er würde meine Grabrede halten wollen).

Mamma mia, da tümpelt unsere Zeit so vor sich hin und hat keinen Schimmer von der Seinsphilosophie eines Ludwig Weibel, der die Seinsexistenzen aufwühlt., hinführend zu sich selbst. Ich liebe Deine oftmals lianenlang verschlungenen Sätze, sie umweben mein Herz. Das Kunstwerk vereinigt das Rational-Beherrschte (das Apollinische) mit dem Emotional-Impulsiven (dem Dionysischen), Deine Sprache, Ludwig, ist oft, darf ich das sagen, nahe bei Nietzsches „Also sprach Zarathustra", auch wenn Du inhaltlich moderater bist – nahe bei Rudolf Steiner. Dass ich das Esoterische im Sinn von mystischen, religiösen, philosophischen, ästhetischen Geheimlehren, die nur für Eingeweihte und Minderheiten nachvollziehbar sind, nicht mag, das weisst Du. Doch Deine Bücher öffnen Welten für alle Menschen, und das fasziniert mich sehr.

8. 10. 2015

An Al Ru-Wu-Lang

Nun habe ich mit der Lektüre von „Tausendundeiner Nacht" begonnen, und mein Herz, mein Geist atmen befreit auf. Da lese ich zum Beispiel, von Scheherazade erzählt; „Als aller Rauch der Flasche entwichen war, verdichteten sich die dunstigen Schwaden und vereinigten sich zu einem Geist, dessen Füsse auf der Erde standen, während sein Haupt an die Wolken stiess. Er hatte einen Kopf wie ein Wolf, Vorderzähne wie ein Hund, einen Mund wie eine Höhle, Zähne wie Felsen, Nasenlöcher wie Trompeten, Ohren wie Bäume, einen Hals wie ein Schlauch und Augen wie Laternen." Heissahussa, das ist Dichtung!

An Albert: Alors, soeben habe ich Deine zwei Mails gelesen: wunderbar. Ja, wenn Du evtl. bereit wärst, für meinen „Oleivo" ein Nachwort zu schreiben, gedenke ich, mein Manus bei der St. Galler Verlagsgenossenschaft zurückzuziehen und alles bei Books on Demand erscheinen zu lassen. Wenn Du einmal schauen möchtest, was das für Texte sind, schicke ich sie Dir, abgemacht? Ich habe bei dieser Verlagsgenossenschaft sowieso ein übles Gefühl als Beigeschmack, ich gehöre doch nicht in diesen Klüngel. Und ich würde mir von keinem Verleger und von keinem Lektor Eingriffe in meinen Textkorpus gefallen lassen!

Den Literaturnobelpreis bekam die weissrussische Journalistin Swetlana Alexijewitsch – nichts für meinen Geschmack, ich werde sie links liegen lassen und wegschauen …

„Nasenlöcher wie Trompeten, Ohren wie Bäume", Mensch, das haut mich um.

Ich freue mich auf Deine Antwort, auch Kurzmails sind mir herzlich willkommen.

Habs gut, Du; freundschaftlich grüsst Dein Paul

10.10.2015

Lieber Ludwig

Wie wunderbar ist das blaue Bild von Dir, es gefällt mir ausserordentlich, ich bin begeistert; die Rundungen assoziieren weibliche Formen, alles ist eigenständig und doch in einer wunderbaren Dramatik in einer kosmischen Balance voller Geheimnisse, ich bin ganz verliebt in dieses schöne Bild, ich wäre glücklich und dankbar, wenn es das Cover von meinem "Oleivo der Maler" zieren dürfte.

Eine Anfrage: Ist es technisch/elektronisch möglich, mein Foto von meiner Homepage fürs Büchlein zu nehmen? Sonst gefällt mir das andere vom "Knurrhahn" natürlich immer noch.

Es kann nun sein, dass Albert Rutz ein Nachwort schreibt, das erfahre ich bald; er hätte dann Frist bis spätestens dieses Jahres.

"Oleivo" kann ich Dir als Wort-Datei schicken; kannst Du die Daten gebrauchen vom "Simon", die ich Dir im Mail von Kalkofen anfügte (es war ein pdf). Ich könnte es nochmals schicken, wenn Du schauen möchtest, ansonsten müsste der "Simon" gescannt und ins Word eingelesen werden.

Es wäre herrlich, den "Oleivo" noch in diesem Jahr zu machen – das Nachwort könnte ja ganz am Schluss noch eingefügt werden. Doch im Januar wäre es auch gut; das Copyright ist auf jeden Fall sowieso erst 2016.

Wenn die St. Galler Verlagsgenossenschaft mein Buch doch noch annehmen würde, dauerte es mindestens noch drei Jahre, bis es erschiene, da mache ich nicht mehr mit. Zudem akzeptierte ich es niemals, wenn ein Verleger oder Lektor in meinen Textkorpus eingriffe.

Ich maile noch heute Kalkofen, dass ich mein Buch bei ihnen zurückziehe. Im Grunde ist es ein schnöder Affront, mich derart über die lange Bank zu ziehen – soll doch dieser sanktgalloide Klüngel zum Teufel gehen!

Lieber Ludwig, ich wünsche Dir ein gutes Wochenende, herzlich grüsst Dein Paul

1.11.2015

Liebster Lu Wei-bel
hoher Mandarin von Tsiang Goss-au
und Kaiser Ts'in Schi Huang-ti
unter dem Weltenbaum Boa Sri-wong
am grossen Fluss Jangtsekiang

gesegnet seist Du! Ich habe Dein Buch „Poesie des
Seins" wieder in die Hand genommen und werde in den
nächsten Wochen immer wieder darin lesen. Eine
Zweitlesung ist so gut, stelle ich doch immer wieder fest,
dass bei der Erstlesung leider so manches „überlesen"
wird ... Ich werde in Musse Deine Gedichte auf der
Zunge zergehen lassen, mein Geist versucht sie zu
umfassen, meine Seele öffnet sich ihnen ganz. Es werden
herrliche, beschauliche, besinnliche, geistbereichernde

Nachtstunden. „Mein Erblühn ist / schön geschautes / Fliessen", bei dieser sanften Synästhesie von Dir verschlägt es mir den Atem vor Begeisterung. Ja, Deine Poesie blüht und fliesst aus dem grossen Sein heraus direkt ins Herz des Menschen: ein unfassliches Glück.

Dass Du meine Liebesgedichte „Auf deinen Fingerbeeren tanzt das Weltall" für Books on Demand machst, ist für mich nicht in Worte zu fassen herrlich; ich glaube, sie sind ein Höhepunkt meines lyrischen Schaffens – ich staune selbst, wie einheitlich in der ganzen sinnlichen Bildvielfalt dieses mein Opus ist. Es steckt ein intensives Arbeiten, Michverausgaben und mich Indieliebeeinbinden von fast zwanzig Jahren dahinter – wiederholbar ist das für mich nicht mehr. Ich bin existenziell dankbar, liebster Lu Wei, dass Du das für mich machst.

Hoffentlich vergnügt Dich meine Briefanrede, wo ich versuchte, Dich etwas zu „chinesisieren", sie soll spielerisch andeuten, wie sehr ich Dich achte und verehre.

Melde es mir bitte, wenn es Dir geglückt ist, das kleine Seitentohuwabohu zu lösen und Du alles als pdf ins Internet bei Books on Demand stellen konntest. Sehr wichtig ist, dass das Kapitel „1 Stunde des Einsiedlerkrebses" ganz zuoberst auf der Seite 7 platziert ist, sonst verkrachen der Seitenumbruch und die folgenden Seitenzahlen der Kapitel. Wenn Du es wünschst, komme ich nochmals bei Dir vorbei, doch ich glaube, es wird nicht nötig, ja?

In der Weltpresse wurde der norwegische Schriftsteller Karl Ove Knausgard (geboren 1968) über den grünen Klee gelobt, mit den allergrössten Superlativen versehen, dass ich mich verleitet gefühlt sah, sein Buch

„Träumen" zu kaufen, doch ich bin enttäuscht, das ist platter Realismus.

Aus „Trotz" bestellte ich Clemens Brentanos umfangreichen verwilderten Roman aus der Hochromantik, „Godwi", den ich als Jüngling las und der mich beseligte (den ich nicht mehr finde in meiner Bibliothek), ich freue mich riesig auf die Zweitlesung nach etwa 45 Jahren … Auch lese ich (als Zweitlesung) wiederum Karl Krolows „Ein Gedicht entsteht. Selbstdeutungen, Interpretationen, Aufsätze"; ich liebe Krolows Lyrik (habe sie in einer vierbändigen Ausgabe und eine Schallplatte, wo er liest).

Du hast nun 24 Bücher von Dir bei Books on Demand publiziert, Ludwig, dies ist eine Wucht, ein Novum in der Geistesgeschichte, eine Titanenleistung, ich verneige mich davor. Was Anton Bruckner in der sinfonischen und geistlich-liturgischen Komposition ist, bist Du als Seelenführer, Philosoph, Poet und Seinsdenker, nur mit den höchsten Attributen kann man sich Dir nähern.

Und als Mensch bist Du so unkompliziert, feinfühlig, überlegen vif, gütig, grosszügig – noch niemals habe ich einen Menschen wie Dich kennen gelernt. Mit Sri Aurobindo hast Du die Welt neu gestaltet. Deine Bücher sind ein Te Deum laudamus – Dich, Gott, loben wir; ein Hymnus des Seins, unserer Welt.

Ich habe die Lektüre „Die Romanows. Die Geschichte einer Dynastie, Russland 1613 – 1917" begonnen, wie viel Taten und Leiden, Unerfreuliches, Unmoralisches, Wahnwitziges, Liebe und Hass, Abschlachtungen und tiefe Frömmigkeit, Rebellion und Dulden liegen nahe beieinander, ich bin aufgewühlt, fasziniert, ergriffen.

Auch wenn es nicht so rasch ins Auge springen wird, mein ganzes Werk – besonders meine Liebesgedichte – sind eine weltliche Doxologie aufs Leben; ich lobpreise immerzu das Leben, die Lust, den Geist, die Seele, den Menschen, das Liebhaben: die Liebe. Tod kommt bei mir in den letzten Jahrzehnten kaum vor. Tod ist – wie die Zeit – eine Illusion; es geht um die Verwandlungen, um die Rückkehr ins grosse Sein: Ist das nicht auch eine Weibelsche Ansicht, Maxime, Lebensdeutung?

Von der Sozialversicherungsanstalt St. Gallen bekam ich einen Brief, sie will noch manche Unterlagen, die ich Ihnen schicken werde. Doch da steht: „Dies führt dazu, dass zur Zeit kein Anspruch auf Ergänzungsleistungen bestehen würde." Es sieht also „verschissen" für mich aus. Nur mit der AHV kann ich nicht leben, diese Wohnung nicht mehr halten. Ich schicke Dir dann die definitive Verfügung zur Information.

Ich mache nicht auf Selbstmitleid, doch es sieht so aus, dass ich, vielleicht nicht mal ein kleiner Lyriker, in die Armut rutsche, plaudite. Ich müsste monatlich mindestens dreitausend Franken haben, ansonsten bin ich geliefert (die AHV zahlt mir mtl. Fr. 2064.-).

All dieser Druck ist so gross, dass ich wieder Psychopharmaka nehmen muss; das entspannt mein Gefühl, auch wenn sie mir praktisch nicht helfen …

Und ohne Marcel wollte ich nicht mehr leben; wir sind nun bald zwanzig Jahre zusammen, und ich will, kann und werde ihn niemals fallen lassen. Ich mag ihn sehr, und nach all dieser Zeit habe ich auch eine Verantwortung ihm gegenüber. Ich wäre ein Schwein, wollte ich ihn fallen lassen, nur damit ich überlebte. Kommt niemals in Frage (eher brächte ich mich um).

Letzthin sprach mich in Rorschach jemand an und fragte, sind Sie der Philosoph und Lyriker Paul Gisi, ich bejahte vergnügt, und dann sagte er, es ist verrückt, dass Rainer Stöckli Sie so verschweigt, er mag diesen arroganten Stöckli nicht. Ich zuckte nur mit meinen Schultern und sagte nichts. Doch ich denke schon, dieser selbsternannte hybrid arrogante (pardon, hybrid und arrogant ist wohl ein Pleonasmus) Lyrikpapst Stöckli ist widerlich … Er wird wohl auch verhindern, dass ich im St. Galler Verlagsgenossenschaftsverlag angenommen werde.

Du ahnst es, wie ich mich freue, wenn meine Liebesgedichte als Buch zu mir kommen.

Ich danke Dir für alles, für alles, Du bist so gut zu mir.

Herzlich grüsst Dein Paul

16.11.2015

Inseln fürs Weltall

In jedem Leben gibt es Ruhepunkte, in denen die Seele aufatmen kann, wo es keine Probleme mehr gibt, alkyonische Tage, wo das Meer ruht, Stunden, in denen nichts geleistet werden muss, alle Erfordernisse nichtig sind, Weh und Ach und Mühnisse des Alltags keine Bedeutung mehr haben, wo man tief aufatmen, einatmen darf, fern von allen Geboten der Aktualität. Zeit ist wie ausgelöscht, einen Terminkalender gibt es nicht mehr. Ruhepunkte, in denen man ahnt, was Glück ist, unabhängig von allen Beziehungen oder Beziehungslosigkeiten, weit ab vom Gehetze der Zeit.

Das grosse gefürchtige Weltall als ruhende Insel eines jeden Menschen, der Frieden sucht.

Letzthin hörte ich die Messe op. 80 in E-Dur von Johann Nepomuk Hummel und begegnete dem Weltall in seiner ganzen Grösse, ruhend auf einer Insel des Glücks und Friedfertigkeit. Das Benedictus, der Hymnus, Lobgesang des Zacharias, Lukas 1, 67, sprengt die Fesseln des bloss ans Irdischsein-Gebundenen, da werden alle Bombastereien und Aufgeblähtheiten nichtig.

Bei tibetischen Mönchsgesängen, bei Mantras, ruht das Weltall sich tief in der Seele aus.

Oder wenn ich Gedichte lese von Vicente Aleixandre – „Singt, Vögel": „Singt für mich, schillernde Vögel, / die ihr im glühenden Wald die Freude ruft / und trunken vor Licht aufsteigt wie Zungen / im wartenden Blau, das euch annimmt" – da ruht sich das Weltall auf einer Insel aus. Da versucht das Weltall, sich in einem menschlichen Herzen auszuruhen.

Es kann auch die Malerei sein – zum Beispiel Marc Chagall oder Joan Miro' – wo die Seele aufatmet und eine Insel fürs Weltall wird.

Oder ein Liebesgeflüster.

Es liegt an mir, es liegt an dir, ob es diese Inseln gibt.

Paul Gisi

21.11.2015

Lieber Ludwig,

ich habe bereits weit über fünfzig Bücher von Eugen Drewermann gelesen, jetzt kaufte ich noch „Der sechste Tag. Die Herkunft des Menschen und die Frage nach

Gott", „ … und es geschah so. Die moderne Biologie und die Frage nach Gott" und „Im Anfang … Die moderne Kosmologie und die Frage nach Gott", drei dicke Wälzer, die mich sehr, sehr interessieren. Ich liebe das Werk des Theologen und Tiefenpsychologen Drewermann, es ist unvergleichlich substanziell, mit weiten Denkdimensionen.

Nebenbei: Ich habe seit gut zwanzig Jahren die gleiche Brille, ist wird wohl vonnöten sein, eine stärkere machen zu lassen, doch ich scheue die Kosten …

Books on Demand hat offensichtlich keine Qualitätskontrolle, denn sonst wäre es nicht möglich gewesen, ein solches Quatschcover, wie Du sagtest, zu liefern; da hätten sie Rücksprache aufnehmen sollen. Für mich war dieses abverheite Cover wie ein kalte Dusche, so wollte ich diesen Lyrikband nicht. – Doch nun wird es ja im zweiten Anlauf besser, gut. Ich bin masslos und in grosser Ungeduld gespannt!

Zu denken, lieber Ludwig, dass Du diesen Lyrikband nochmals integral, von A bis Z lesen wirst, stellt mich auf, beglückt mich. Obwohl es eine aufgefächerte Bildwortsetzung hat, erstaunt es mich selbst, was für eine Konsistenz da ist, das durfte ich wohl selbst sagen, ja? Ha, es ist eines der grossen Liebesgedichtebücher unserer Zeit; Liebesgedichte, die eben nicht nur rosa eingefärbt sind, sondern von den ganzen Existenz reden, singen, klagen. Ich habe fast zwanzig Jahre daran gearbeitet. Es steckt sehr viel Erlebtes, Erfahrenes, Durchlittenes, Lustfreudiges in Annäherungen und Entfernungen in diesen Liebesgedichten, ein gutes Teil meines intensiven Lebens.

Für einen Leser mag das fast etwas zu viel sein, ich weiss es. 235 Seiten Liebesgedichte. Doch ich stelle mir vor, dass dieses tanzende Weltall auf den Fingerbeeren doch für ein paar wenige Leser zum Lebensbegleiter wird – so wie mir Deine durchgeistigten Gedichte in Deinem „Poesie des Seins" zum Lebensbegleiter geworden sind. Gesund zu leben heisst ja nicht nur Gemüse und Früchte zu essen, sondern auch geistig-seelische Nahrung aufzunehmen im Wort, in der Musik. Und so wie ich ohne Bücher nicht leben könnte, könnte ich auch ohne Musik nicht leben. Du wirst das verstehen.

Meine Gesundheit ist leider nicht mehr die beste, ich bin sehr viel sehr müde, nehme Psychopharmaka gegen die Attacken der Angst und Verzweiflung, habe immer wieder Essstörungen usw. Henu, noch lebe ich – und es ist schon so, dass mir die „Nächte des Knurrhahns" und „Auf deinen Fingerbeeren tanzt das Weltall" Auftrieb geben, mein Leben verintensivieren, mir manche Briefschaften anfeuern.

Zudem ist die Zukunft in finanzieller Hinsicht nicht gesichert, doch davon möchte ich heute nicht reden. (Doch sieht sie düster aus.)

Nun möchte ich noch „Oleivo der Maler" unter Dach und Fach wissen, dann atmete ich tief auf. Nach den „Fingerbeerengedichten" habe ich jetzt zurzeit noch etwa hundertfünfzig Gedichte, doch was mit diesen Gedichten geschieht, bekümmert mich momentan nicht. Jetzt kommt bald mein „tanzendes Weltall", und darauf kommt es mir an.

Albert Rutz schreibt für meinen „Oleivo" und „Simon" ein Nachwort, darauf bin ich natürlich sehr gespannt.

Dass ich mit Marcel zusammenleben darf, ist für mich schön und wichtig, wir sind jetzt zwanzig Jahre zusammen. Er hat noch niemals ein Büchlein oder einen

Zeitungsartikel über mich gelesen, er lebt anderswo mit seinen Filmen. Und das finde ich tief gut, so hat jeder seinen „Kreis". Ich wünsche gar nicht, dass er etwas von mir liest, ich respektiere sein ganz anderes Leben. Pro Monat schaue ich mit Marcel einen oder zwei Filme, mehr nicht.

Jetzt hat Marcel ein Zimmer in meiner Wohnung, er ist immer bei mir, schläft auch in seinem Zimmer bei mir, obwohl er einen Stock höher eine eigene Wohnung hat. Er mag nicht allein sein. Manchmal möchte ich etwas allein sein, doch alles in allem gesehen ist auch er für mich ein Geschenk Gottes. Und obwohl er durch seine Drogenkrankheit ein tragisches Leben hat, hat er in seinem Kern eine wunderbare Lebensfreude, die mich immer wieder ansteckt.

Müsste ich mich von ihm trennen, wollte ich meinem Leben Schluss machen.

Klar, er kostet auch, doch wenn ich das nicht mehr aufbringe, würde für mich alles sinnlos.

Und doch muss ich deutlich sagen, dass meine Liebesgedichte *nicht* von Marcel inspiriert sind, er hat nichts mit ihnen zu tun. Da strömte mein Leben anderweitig …

Aah, nun lebe ich daraufhin, dass mein Liebesgedichteband so kommt, wie wir es, Ludwig, abgemacht haben, dann werde ich sehr glücklich sein.

Du weisst vielleicht, dass der Radiosender „Swiss Classic" den ganzen Tag (24 Stunden lang) klassische Musik bringt, ohne Belehrung, ohne Nachrichten, ohne Zeitangabe, so wie ich es liebe, ein Fest! Und das höre ich seit vielen Jahren jeden Tag stundenlang, doch mir fiel auf, dass sie von Anton Bruckner, einem der grössten Sinfoniker der Musikgeschichte, noch niemals etwas gebracht haben, ausser einmal sein „Tedeum", nichts von seinen weltallumfassenden Sinfonien. Ich schrieb der Radiogesellschaft diesbezüglich, bekam natürlich keine Antwort – und höre immer noch keinen Bruckner. Warum diese Vernachläsigung?

Ich habe die schriftlichen Werke (in vier Bänden) des Malers Wassily Kandinsky: hochinteressant. Ich liebe Kandinskys Malerei sehr. Besonders seine Bücher „Über das Geistige in der Kunst", „Punkt und Linie zu Fläche" und „Essays über Kunst und Künstler" sind (mit seinen Briefen) eine Denkbereicherung.

Zudem lese ich die Geschichte der „Romanows", Russland während dreihundert Jahren, 1613 bis 1917, Mamma mia, was für ein Gemetzel, was für ein Pomp, was für Intrigen, was für ein Schlachthaus, Zaren als Vampire, Lug und Trug, entsetzliche Armut neben dem pompösen Kreml, Qual und Verzweiflung im Volk. Letztlich unfassbar das alles. Die Zaren von Gottes Gnaden als Meuchel- und Massenmörder, bravo!

Betrachtet man die Evolution, ist nichts so verwerflich wie der Mensch.

Heute bin ich geistig k.o., ich werde noch mit Marcel einen Film schauen, das verschafft mir Abwechslung.

Ich lebe ganz auf meinen Lyrikband hin – o ich freue mich, wenn er schön gestaltet ist.

Herzlich grüsst Dein kleiner alter Zackenbarsch und Knurrhahn Paul

Am Montag solltest Du Post von mir haben.

Jean Pauls Fantasieverwilderung

1.1.2016

Liebster Ludwig

In der Silvesternacht um drei Uhr schrieb ich eine neue Brosmete, eine etwas kauzige über Jean Paul, dessen Lektüre ich wiederum aufgenommen habe. Zwischendurch lese ich auch das Buch „Jean Pauls Persönlichkeit in Berichten seiner Zeitgenossen", ein sehr lesenswertes Buch, auch wenn die Begeisterung, das Hagiografische da und dort etwas zu dick resp. einseitig ausgefallen ist. Die Brosmete über Jean Paul schicke ich Dir in den nächsten Tagen, ich muss noch etwas daran feilen. Es gibt Jean Pauls *Briefe* in zehn Bänden, ich würde sie mir am liebsten anschaffen, doch sie wird mir wohl zu teuer sein. Jean Paul ist einer meiner grossen Vorlieben (ich habe zwölf umfangreiche Bände von ihm), wenn auch recht schwierig zu lesen und zu kapieren. Doch mit seiner urwaldgleichen Sprach- und Fantasieverwilderung spricht er mich sehr an.

Hattest Du einen schönen, sanften Jahreswechsel? Ich hatte es mit Marcel sehr schön, wir machten einen Tischgrill mit feinem Rindsfilet, Pilzen, Peperoni, Silberzwiebeln, Raclettekäse, Weisswein und Rimus usw., war eine rechte Vorbereitung, doch es war festlich gut. Um Mitternacht stiessen wir an, wünschten uns ein gutes neues Jahr und sahen erstaunlicherweise ein paar grössere Feuerwerke vom Balkon aus. Anschliessend las ich Jean Paul und schrieb eben noch eine kecke Brosmete über Jean Pauls Erzählung „Des Feldpredigers Schmelzle Reise nach Flätz mit fortgehenden Noten; nebst der Beichte des Teufels", was mich masslos begeisterte, doch vor lauter Stilbeglückung der langen Sätze kam mir der Inhalt abhanden, ich begriff quasi nichts, o ich armer Narr.

Am 10. Dezember bestellte ich sechs Exemplare der „Fingerbeeren", doch sie sind noch nicht gekommen, Books on Demand muss auf Weihnachten hin wohl völlig überfordert gewesen sein. Am 31. Dezember bestellte ich weitere sieben Exemplare meines tanzenden Weltalls und zwei „Knurrhähne"; ich will im Monat Januar und Februar noch recht Werbung machen; ein Exemplar der „Fingerbeeren" werde ich auch der NZZ schicken.

Im Grunde genommen denke ich, „Auf deinen Fingerbeeren tanzt das Weltall" sollte mir einen Preis einbringen, doch man kommt eben kaum an die richtigen Leute ran …

Die Liste meiner vier Publikationen 2015 („Lichthin in deinen schwarzen Pupillen", „Ich lösche dein Feuer mit meiner Zunge", „Nächte des Knurrhahns" und sogar „Auf deinen Fingerbeeren tanzt das Weltall" und der vierzehn Zeitungsartikel schicke ich noch in dieser Woche der Pro Litteris, auf dass Ende dieses Jahrs wieder die Reprografieentschädigung abgerechnet werden kann. Dieses Jahr betrug sie 660 Franken, weniger als sonst. Du, Ludwig, wirst mit Deinen vierundzwanzig Büchern dieses Jahr einen grossen Batzen bekommen, gut so.

Anfang dieses Jahrs mache ich mit der Pro Senectute noch einen Gesprächstermin ab, vielleicht erfahre ich dann mehr. Ein Unbehagen habe ich, dass mir die AHV diesen Monat noch von der AHV ausbezahlt wird, für nächsten Monat haben sie die Zahlung der SVA, der Sozialversicherungsanstalt St. Gallen, abgetreten; wenn ich Ergänzungsleistungen bekäme, wäre das gesetzlich konform, normal, doch jetzt, da sie diese ablehnten, blicke ich nicht durch, was das soll; von der

Rekursabteilung der SVA bekomme ich ja erst in ca. drei Monaten Bescheid.

Die finanzielle Ungesichertheit für dieses Jahr macht mir zu schaffen. Ohne Zusatzleistungen halte ich es nur noch einige Monate aus.

Marcel bekommt nun dieses Jahr endlich eine volle IV-Rente – mit einem freiwilligen Beistand, der ihm das Geld verwaltet. Das finde ich sehr gut. Ich wurde angefragt, ob ich das mache, doch ich habe abgelehnt, ich habe selber Geldprobleme und stehe Marcel zu nahe, ich bin auch zu wenig konsequent, bin, menschlich gesehen, zu puddingweich – verstehe vom Geld ja auch nicht so viel. Das Sozialamt gibt ihm nun einen Profi in derlei Belangen, was gewiss zu begrüssen ist.

Bei Claudia Vamvas geht auch einiges. Sie hatte einen Auftritt im Berner Theater, ein Buch ist in Vorbereitung und sie hatte per Skype einen Liveauftritt in einem Berliner Radio, und jetzt beginnt sie, Kurzgeschichten zu schreiben. Ich mag ihr diesen Aufwind von Herzen gönnen. Sie ist eine hochintelligente, hochsensible Frau (leider mit neurotischen Störungen versehen und mit psychopathogenen Belastungen konfrontiert und sehr einsam).

Wie sieht es mit Deinen Buchprojekten aus, Ludwig? Planst Du dieses Jahr bei Books on Demand neue Veröffentlichungen? Du bist wohl der produktivste Schriftsteller der Gegenwart – oder wie klassifizierst Du Dich selbst (wenn überhaupt)? Du schöpfst aus einem grossen Fundus, was absolut bewundernswert ist. Das GROSSE SEIN spricht aus Dir, und das kennt wohl keine Grenzen. Seit meinem Burn-out im Jahr 2012 schreibe, dichte ich auf grösster Sparflamme, nicht der Rede wert. Wer von uns normalen kleinen Menschen fasst Deine Produktivität? Du bist ein unfassbares Wunder, lieber Ludwig, ein Genie des Herzens, des Geistes, der Einfühlung, der Mitteilsamkeit, der Erkenntnis.

Dass wir uns kennen dürfen, dass Du wie ein grösserer Bruder zu mir bist, ist für mich Stärke in der Nacht, eine Beflügelung, eine grosser Halt und einfach eine menschliche Beglückung. Ohne Dich gäbe es meine „Nächte des Knurrhahns" und „Auf deinen Fingerbeeren tanzt das Weltall", mein Opus Magnum, nicht – es gäbe ohne Deine Hilfe mich nicht mehr.

Dr. Kalk-Ofen hat nun seit März des letzten Jahrs, also seit gut neun Monaten, meinen „Oleivo", ich finde es schweinisch, dass ein Autor so lange auf Bericht – auf die Absage wohl – warten muss, es bestätigt mich, dass die Verleger ein unrühmliches Pack sind.

Nun höre ich Dvoraks 1. Sinfonie, „Die Glocken von Zlonitz", gespielt vom London Symphony Orchestra, und anschliessend sein Klavierkonzert g-moll, am Klavier Rudolf Firkusny; ohne Musik könnte ich nicht mehr leben.
Lieber Ludwig, wir bleiben in Verbindung, ich würde verzweifeln, wäre es anders.

Ich wünsche Dir von ganzem Herzen ein gutes neues Jahr, Ludwig, Gesundheit und eine ungebrochene Schöpferkraft, Dein kleiner Lyriker Paul

2.1.2016

Mein lieber Heiliger Ludovicus
lieber Mahatma Ludwig

Es ist mir etwas zum Lebensbilanzieren zumute, in meinem Alter und mit meiner wackligen Gesundheit ist das ja nicht völlig daneben: Ich denke mir, mein dichterisches Werk liesse sich in acht dicken Bänden sammeln, zwölf voluminöse Briefbände kämen hinzu, alors, ich sehe eine zwanzigbändige Gesamtausgabe von mir, sie wird in der zweiten Hälfte des 21. Jahrhunderts erscheinen. Wir beide erleben das nicht mehr, doch die Zuversicht, dass es einmal so kommen wird, steckt tief in mir.

Deine Gesamtausgabe, was die Welt zutiefst verwundern wird, ist natürlich um ein Vielfaches grösser, ich werde sie in meinem andern Sein gewiss lesen, ich freue mich darauf.

Doch zuerst möchte ich noch in meinem Hiersein ein paar Bücher von Dir lesen, ich möchte also zwei, drei Bücher bei Dir kaufen, Du weisst gewiss noch, was ich habe oder nicht habe.

Für mich wäre es ein Glück, ich könnte „Oleivo der Maler – Passagen aus einem Künstlerleben" mit Dir bei Books on Demand machen, und zwar in der Aufmachung wie Deine Bücher „Sphären des allherrlichen Gelingens", „Quellgrund reiner Güte", „Deines Unsprungs Generalität" – mit diesem schönen warmen Dunkelgrün, auch mit einem Pendelbild von Dir, die ich so liebe. Dann hätte ich bei Books on Demand ein rotes, ein blaues und ein (dunkel)grünes Buch, das wäre herrlich. Dürfen wir uns das überlegen?

In den nächsten Wochen will ich diesem faulenzenden Dr. Kalk-Ofen etwas einheizen, ich denke mir, bald zehn Monate Wartefrist sind genug.

Jetzt höre ich Luigi Cherubinis „Medea" mit der Callas, o wie greift mir das ans Herz!

Und es ist wirklich erneut tumultuös herrligg, Jean Paul zu lesen, was für Schnurpfeifereien an Phantasie, Sätze wie Sinfonien, Schritt auf Tritt inhaltliche Unerwartetheiten, und bei keinem andern Schriftsteller der Weltliteratur fliessen so viele Tränen wie bei ihm: es ist aufwühlend, bereichernd, gesundmachend, nahrhaft wie Honig. Durch unzählige Brechungen hindurch erfährt man viel über sich selbst.

Ich habe Dir soeben Andreottis Brief weitergeleitet.

Ich werde in den nächsten Wochen von meinen „Fingerbeeren" noch ein paar Freiexemplare an Zeitungen und Zeitschriften schicken, doch zurzeit habe ich keine Exemplare mehr, die Lieferung von Books on Demand klappt zurzeit nicht ganz, doch das kommt wohl in den nächsten Tagen oder Wochen wieder (ich habe insgesamt nach vier Exemplaren für den nächsten Schritt nochmals dreizehn bestellt).

Ich will nicht übertreiben, doch ich vermute, meine umfangreiche Liebesgedichtesammlung könnte eine Sensation sein …

Herrgottnochmals, in der Buchhandlung Rösslitor gibt man sich derart uninteressiert, unmotiviert, es ist zum Amoklaufen. Alle meine Impulse prallen ab, versanden im Nichts. Und es ist anzunehmen, dass mich „Saiten" boykottiert, seit dieser Koloss Peter Surber – ich sprach mit ihm vor vielen Jahren bei den Solothurner Literaturtagen, doch er ist ein Panzer – dort ein grosses Sagen hat. Als er noch Kulturredaktor beim „Tagblatt" war, hat er mich jahrzehntelang boykottiert, dieses Aas. Adrian Riklin, einst „Saiten"-Redaktor, schrieb eine ganze Seite über mich, später erschien von Rolf Bossart eine Rezension über mich, doch diese Zeiten sind vorbei.

Nun, mein tanzendes Weltall wird neue Wege finden, da bin ich überzeugt.

Hier in Rorschach lernte ich Gieri Battaglia kennen (er sprach mich an), er ist pensionierter Primarlehrer und sehr literarisch interessiert, er lud mich letzthin zu sich ein, ich sagte ab, doch für März sagte ich zu. Meine Konstitution erlaubt es nicht, zu viele Begegnungen zu haben, ich werde nervös, wenn ich weiss, dann und dann muss ich dort und dort sein, das verursacht mir schlaflose Nächte. Denn mündlich weiss ich oft nichts zu sagen, obwohl mein Geist voll wäre … (Ich habe im Ansatz eine neurasthenische Labilität, die ich nur schwer beherrsche.)

Es ist ja fast ein Wunder, dass ich Lehrer war, verschiedene Berufe hatte (auch in Kaderstellung) und 35 Jahre Korrektor war, das habe ich mir schwer abgerungen, bis hin zum Burn-out, das mich futsch machte.

Jetzt lebe ich kurz vor dem finanziellen Abgrund – wie weit reicht das noch?

„Nächte des Knurrhahns" sagt viel über mich aus, auch über meine politische Position, und „Auf den Fingerbeeren tanzt das Weltall" ist so etwas wie die Krönung meines Werks, meines Lebens, der „Oleivo" könnte eine weitere Facette sein …

Lieber Ludwig, ich bin glücklich, dass ich Dir so offen schreiben darf, Du verstehst alles.

Hast Du Deine Bücher auch schon entsprechenden Zeitschriften senden können?

Ich wünsche Dir von Herzen nochmals ein ganz gutes neues Jahr, beste Gesundheit und viel Elan für neue Bücher, ich umarme Dich, Dein Paul

7.1.2016

Mon très cher Ludwique

Ich möchte Dir nochmals ganz herzlich für Deine Einladung danken, es war wunderbar, mit Dir zu reden, Dir zuzuhören, Du bist mein grösserer Bruder, und was für eine grosse Erfahrung Du hast, was für eine weite Sichtweise aufs Leben und auf die Kunst, das imponiert mir, das begeistert mich, was für ein grosses Wissen hast Du, das ist einmalig; bei Dir atme ich auf. Und zwischendurch blinzelt immer wieder ein gewisser Schalk auf, eine souveräne Haltung, das ist meisterlich.

Heute las ich dreitausend Buchseiten von Drewermann zu Ende, „Der sechste Tag. Die Herkunft des Menschen und die Frage nach Gott", „… und es geschah so. Die moderne Biologie und die Frage nach Gott" und „Im Anfang … Die moderne Kosmologie und die Frage nach Gott", hui, mir zwirbelt der Kopf. Ich habe über sechzig Bücher von Drewermann gelesen, und zum ersten Mal dachte ich bei diesen drei Bänden, dass Drewermann etwas geschwätzig geworden ist, und in manchen Belangen gehe ich in Opposition zu ihm; aus lauter

Intelligenz und enzyklopädischem (zyklopischem) Wissen verlor er etwas die Schönheit des Kosmos, vor dem wunderbaren Leben aus den Augen – eine Poesie über den Menschen und die Schöpfung insgesamt, was bei Khalil Gibran besser zum Ausdruck kommt. Auch Albert Einsteins Religiosität, das ehrfürchtige Staunen vor den kosmischen Geheimnissen, lehnt Drewermann ab (er lehnt auch Teilhard de Chardin ab). In vielen Punkten gehe ich nicht einig mit Drewermann, was natürlich nicht ausschliesst, dass ich viel Neues erfahren habe, bereichert von dieser gewaltigen Lektüre war (auch wenn mir seine ewige Besserwisserei oft auf die Nerven ging).

Jetzt lese ich Jean Pauls kurrliges, schnurpfeiferisches Husarenstück „Dr. Katzenbergers Badereise" sowie ein Grundlagenwerk über die Romantik: beides ein Fest! Zwischendurch tummle ich mich im Ossip-Mandelstam-Lesebuch „Das Bahnhofskonzert", in Pessoas Schriften zur Literatur, Ästhetik und Kunst und in den Schriften in vier Bänden des Malers Wassily Kandinsky.

Und heute hast Du mir fünf Deiner Bücher geschenkt, „Nimbus der Verklärten", „Harmonie der Welten im Gedicht", „Wohlklang singender Schalmeien", „Evolution ins göttliche Genügen" und „Meines Gotteslichts Konstante": Ich bin ganz unruhig vor Glück, dass diese Bücher bei mir sein dürfen! Ich danke Dir nochmals ganz herzlich für dieses grosse Geschenk.

Du hast heute Mittag Andreotti in wenigen knappen Sätzen treffend charakterisiert, ich denke wie Du. Umso unerwarteter ist mir seine sehr freundliche, ja herzliche neue Art zu mir … Vom „Hinweis" in „eXperimenta" auf meine Liebesgedichte – von Gabi Kremeskötter – erwarte ich mir nicht allzu viel, doch bringt's nichts, schadet's auch nicht, denke ich da schelmisch vergnügt abwartend.

Bis jetzt hatte ich erst vier Exemplare von „Auf deinen Fingerbeeren tanzt das Weltall", meine Nachbestellung von sechs Exemplaren vom 10. Dezember blieb bis jetzt folgenlos: Was ist los? Am 29. Dezember bestellte ich sieben weitere Exemplare von den „Fingerbeeren" und zwei weitere vom „Knurrhahn", das ist verständlicherweise bis jetzt auch noch ausstehend. Mich beunruhigt dieses Nichtliefern vom 10. Dezember, ich bin halt kein Mensch von grosser Geduld …

Manchmal geistert mir durch den Kopf, ein Buch zu schreiben über meine hundert liebsten Schriftstellerinnen und Schriftsteller, doch das wäre ein gargantuaelischer Aufwand, den ich mir doch nicht so ganz zumute. Es wären hundert Liebesbezeugungen. (Ich könnte aus Tausenden auswählen, verrückt!)

Ich bin der letzte Schriftsteller der Welt, der noch mit zwei Fingern tippt (o ich Narr). Heute schreibt jede Schülerin, jeder Schüler mit zehn Fingern … Doch kann man sich nicht auch mit zwei Fingern in den Parthenon einschreiben?

Vielleicht kommt noch der Augenblick, wo ich im Samtmorgenrock meiner Sekretärin meine elysäischen (elysischen) Abkurrligkeiten diktiere, hm. (Da lacht der Knurrhahn.)

Verzeih mir, Ludwig, dieses Briefelchen ist etwas abschnittweise-asthmatisch kurz geraten (ich bin halt ein Kurzstreckenläufer, ein Lyriker und Aphoristiker und kein Langstreckenläufer, ein Epiker, ein Romancier). Du hast seit Jahrzehnten den grossen langen Atem, ich war immer der Kurzatmende. Ich bewundere Dich.

Alors, nun ziehe ich mich noch etwas in mein Tusculum zurück, Du weisst darum, Wein, Pfeife, Belcanto, Kerzenflackern, Lektüre.

Lieber Ludwig, ich danke Dir nochmals, Du hast mir den heutigen Tag bereichert, verschönert, hast mich reich beschenkt.

Ich wünsche Dir eine ganz gute Gesundheit, weiterhin unerschöpfliche Schöpferkraft Hand in Hand mit dem Sein, herzlich grüsst Dein Paul

9.1.2016

Lieber Ludwig,

heute Samstag sind mein Bücher, die ich am 10. Dezember über die Buchhandlung bei Books on Demand bestellte, eingetroffen, aah, endlich habe ich nun ein paar „Fingerbeeren", die ich bald in die Welt entlassen werde.

Erst heute erfuhr – kapiere – ich von Andreotti, dass eXperimenta eine Online-Zeitschrift ist, ich werde mit meinem Tablet kaum hineinschauen können. Kannst Du, wenn es so weit ist, hineinschauen und mir zwei Exemplare ausdrucken über jenen Teil, der von mir handelt, und mir schicken?

Ich danke Dir von Herzen für Deine drei langen guten Briefe. Nun, ich habe Kritik an Eugen Drewermann geübt, doch es darf nicht untergehen, dass ich ihn im Gesamt sehr hochschätze; er ist gewiss ein Genie und als „ketzerischer" Theologe und Tiefenpsychologe ein- malig; wenn er sich naturwissenschaftlich äussert, wirkt

135

er für mich angelesen, überzeugt er mich nicht ganz. Und die Schlüsse, die er aus der modernen Biochemie, Physik und Astronomie zieht, sind mir zu oberflächlich, um nicht zu sagen hahnebüchern. Manchmal hatte ich das Gefühl, er schlägt etwas eitel wie ein Pfau sein Rad des Vielwissens. Gott hat für mich – ich bin kein orthodox-dogmatischer Christ – auch viel mit Poesie zu tun, mit den Weisheiten, Mythen und Symbolen vieler (alten) Völker auf der Welt. Wenn es um die Gottesfrage geht, die immer auch eine Gottessuche ist, hat der menschliche kümmerliche Verstand, auch wenn er „wissenschaftlich" scheint, wenig zu tun. – Da hat der Drewermann doch etwas die Dimensionen, Perspektiven verloren. Doch in seinem gigantischen Werk gibt es sehr, sehr viel Faszinierendes!

Was für ein (technisches, elektronisches) Malaise, ich kann auf meinem Tablet Deine Gedichte, die Du gesprochen und mit Klavier untermalt hast, nicht abhören, nicht öffnen, das ist sehr schade. Ich denke, Du solltest diese drei CD's der Vadiana übergeben; besprich Dich einmal telefonisch darüber mit ihr. Wenn sie sie nicht nähmen: Gibt es nicht in Zürich eine Hörbibliothek? Eine Bibliothek, die Tonträger sammelt? Es gälte, dies via Internet abzuklären.

In meinem Brief an Albert Rutz habe ich mir erlaubt, den Abschnitt über meine Drewermann-Lektüre textiden-tisch zu schreiben (bis auf den Schluss eine kleinste Veränderung, Ergänzung). Ich hoffe, Du nimmst mir das nicht krumm.

Du hast mir so differenziert gut geschrieben, ich danke Dir von Herzen. Dein Echo vom Fürstenland hat mich erreicht.

Drewermann kann ohne Manuskript lange Vorträge halten, die äusserst eindringlich sind, perfekt wie gedruckt. Er ist sicher ein aussergewöhnlicher Gelehrter, Theologe und Tiefenpsychologe. Ob er ein spiritueller Mensch ist? Ich glaube ja, auch wenn er sich da und dort verrennt.

Es ist gewiss schade, dass ich zur Esoterik keinen Zugang habe, denn wenn es anders wäre, ergäbe es diesbezüglich zwischen uns noch viel zu sagen, hin und her. Du bist gewiss ein Meister in diesen Belangen, doch ich habe dieses Thema leider immer abgeblockt, ich werde kribblig, es wird mir mulmig, wenn ich mir im griechischen Sinn „Eingeweihte" vorstelle, deren „Weisheiten" nicht unmittelbar verstanden werden können. Unter „Eingeweihten" verstehe ich eine elitäre Klientel, was mir nicht behagt. Die Gottessuche der einfachen Menschen liebe ich, die Systeme der Gescheiten interessiert mich nicht allzu sehr.

Doch sag es mir frei und frank, wenn ich das falsch verstehe.

Nun habe ich sieben Exemplare meiner „Fingerbeeren", doch das reicht nicht für das, was ich noch vorhabe, ich werde nochmals einige bestellen (vier Exemplare hatte ich schon). Es ist herrlich, sich Zeit lassen zu dürfen, die Bekanntheit meiner Liebesgedichte anzukurbeln, denn es ist ja erst Anfang des neuen Jahrs.

Ich finde es gut, wenn Du alle Deine Bücher der Schweizerischen Landesbibliothek, der Deutschen Bücherei Leipzig und in je drei Exemplaren der Vadiana schickst (die das bezahlt). Und Du kennst doch esoterische Publikationsorgane, Zeitschriften, da Kontakt aufzunehmen, wäre doch auch gut, ja?

137

Übernimmt die Anthroposophische Gesellschaft in Dornach Deine Bücher nicht in ihre Bibliothek?

Du bist ein Wunder an Güte, an Menschlichkeit.

Herzlich grüsst Dein Paul

11.1.2016

Lieber Ludwig

Sonntagabend. Das Programm, das Du mir schicktest, um Dein Klavierspielen und Dein Gedichtevorlesen hören zu können, konnte Marcel nicht auf meinem Tablet downloaden, es war nicht kompatibel, doch er hat das Dokument im Anhang auf sein Tablet übertragen, von dort auf seinen Computer, hat dann alles angepasst und von dort dann auf mein Tablet, alles dauerte dreiviertel Stunden – doch jetzt kann ich es auf meinem Tablet hören. Ich habe erst kurz hineingehört, ich hatte keine Zeit für mehr, doch ich freue mich, dies morgen in Ruhe mir zu Gemüte zu führen.

Ja, die Vorträge von Eugen Drewermann gehen unter die Haut, er hat eine sehr eigenartige, eindringliche Art zu sprechen, ich hörte vor Jahren einmal einen Vortrag von ihm im Radio und einen auf einer Tonbandkassette, die ich leider nicht mehr habe. … mir sind dabei fast die Tränen gekommen … Ich liebe viele, viele seiner Bücher. Er ist zurzeit gewiss der weltberühmteste Theologe und Tiefenpsychologe. (Er hat Jahrgang 1940, er wird also in diesem Jahr 76 Jahre alt.) Und als tiefenpsychologischer Märcheninterpret, -deuter gibt es nichts seinesgleichen. Seit gut dreissig Jahren ist er mein Wegbegleiter – und erst in seinen fünf monumentalen

Bänden „Glauben in Freiheit" (genauer: in den drei Teilbänden des dritten Teils) ging ich stellenweise in Opposition zu ihm. Seine riesige Abhandlung übers Gehirn will ich nicht lesen, denn auf Hunderten von Seiten zeichnet er die neurologische und gehirnliche Forschung nach und kommt zum Schluss, dass er auf dieser Stufe der Evolution Gott nicht gefunden habe. Diese Lektüre erspare ich mir. Doch er ist ein wahrer Menschen- und Tierfreund und versteht es, die Menschen, die angstgeplagt sind, zu heilen. Man nehme nur alles zusammen: Da ist Drewermann einer der klügsten, menschlichsten, humansten Köpfe des zweiten Teils des 20. Jahrhunderts.

Montagnachmittag. Nun habe ich Deine Liebesgedichte gehört, sie gefallen mir sehr, sie sind sehr eindringlich. Sie sind ganz Ludwig Weibel, im sanften Wohlklang, im temperierten Rhythmus, im menschlichen Melos, in der Harmonie von Aussage und Einstehen des eignen Wesens, im Nach- und Mitfühlen, was da geschieht, geschehen ist, in der Sanftheit des feinnervigen Fürsandereleben im eignen Leben, die Bildhaftigkeit ist vielleicht etwas konventionell, der individuelle leidenschaftliche Aufwind fehlt etwas, dafür ist alles leicht verständlich und nachfühlbar. Alles in allem meine ich, es sind wunderbare Gedichte. Ich denke schon, dass es wichtig und wert wäre, dieses Tondokument zu sammeln. Junge Leute werden dazu kaum eine Beziehung finden, doch es geht ja um mehr, um die Spuren eines Lebens, einer Liebe, und das überzeugt bei Dir. Ich begrüsste es sehr, wenn Du diese Liebesgedichte-Tondokumente archivieren lassen könntest.

Ich habe auch einmal vor etwa zwanzig Jahren Gedichte auf ein Tonbandkassette gesprochen, wenn ich diese finde, schicke ich sie dir. (Kannst Du Tonbandkassetten noch abspielen?)

Meine erste Publikation war eine Schallplatte, der Schauspieler Otto Huber rezitierte Gedichte von mir, das war 1969, sie erschien bei Musik Huber in einer Auflage von 200 Stück und ist natürlich längst vergriffen.

Ich lese schlecht vor, es ergibt einen priesterlichen Singsang, parbleu, ein Malaise.

Du, Ludwig, liest sehr gut vor, ich gratuliere Dir.

Ich glaube, wenn ich aus meinen Liebesgedichten das Kapitel „Vögelchen mein Vögelchen" (Seite 96 bis 105) vorlesen würde, müsste ich weinen, – und ein paar Zuhörer würden auch weinen. Sie sind aus „Auf deinen Fingerbeeren tanzt das Weltall" meine wichtigsten, mir liebsten … (da ich mich noch an diese Liebesekstasen gut erinnere).

In meinen Liebesgedichten wimmelt es vom „du", doch ich nenne eigentlich nie einen konkreten Namen, ist Dir das auch schon aufgefallen? Einmal widme ich ein Gedicht „Für T.", mehr verrate ich nicht. In meinem ganzen Leben schrieb ich viele Liebesgedichte, doch nur selten nenne ich einen Namen „"Aline" (aus der Provence zum Beispiel). Mir ist es eine Freude, da etwas Versteckspiel zu spielen, und „T." war ein jahrelanger bester Freund. Ansonsten liebte ich Bettina, Aline, Maja, Christa, Christine, Claudia – und noch manche andere Frauen. Meine Liebesgedichte sind eine Zusammenführung vieler meiner Erlebnisse. „T." (Tim) war zum Beispiel ein Freund, der mich vor ein paar Jahren nachts um drei Uhr vor dem Selbstmord rettete. Das hat auch mit Liebe zu tun.

Vor mir liegt nun Dein Buch „Wohlklang singender Schalmeien", ich glaube, ich werde mich darin finden. Ich bin ganz unruhig, darin lesen zu dürfen.

Lieber, liebster Ludwig, ich danke Dir für Deine Zuwendung, Deine Bücher, Deine Mails.

Herzlich grüsst Dein Paul

11.1.2016

Lieber Ludwig

Wie schön ist das Leben: Ich habe sieben Exemplare „Auf deinen Fingerbeeren tanzt das Weltall" und fünf Exemplare „Nächte des Knurrhahns" bei mir, die werde ich in den nächsten Tagen verschicken; von den „Fingerbeeren" brauche ich noch ein paar weitere Exemplare …

Was ich Dir heute Nachmittag zu Deinem Tondokument schrieb, ist schlecht formuliert, ich war nicht ganz in Form. Deine Liebesgedichte gefallen mir sehr, es hat eine durchgängige Musikalität in ihnen, aufgebaut auf der Liebesleidenschaft. Und das ist doch wunderbar! Und zu sagen, dass die Bildhaftigkeit etwas konventionell ist, ist nun beileibe zu viel gesagt. Sie sind unverkennbar Weibel und haben also eine unverwechselbare Bildhaftigkeit. Und besonders Dein Melos, das ist eindringlich.

Am Anfang meiner Stadt St. Galler Jahre hatte ich zu Albert Rutz eine gute, ja intensive Beziehung, viele, viele langen Briefe gingen hin und her, und er war nachts für Wein, Musik und Gespräche oft bei mir in der

Mühlenen. Doch wir verloren uns aus den Augen und Sinn, wir drifteten einfach auseinander, und ich hörte und sah von ihm gut zwanzig Jahre nichts mehr. Letztes Jahr trafen wir uns zufällig in der Stadt St. Gallen, und seither schreiben wir uns wieder – ist doch echt toll, eine solche Wendung.

Er hat über Gustave Flauberts Briefe an Louise Colet eine Schrift publiziert und Flauberts Briefe über sein Werk gestellt, da griff ich ihn vehement an, ich fand seine Einstufung schon vom Ansatz her verfehlt. Auch das führte zu einer Trennung.

Doch heute sind beide älter und beide offensichtlich lockerer geworden. Er ist ein grosser Reisender, und das imponiert mir. Ich reise ja nur in meinem Drehfauteuil. … Zur Lyrik hat er kaum ein Verhältnis, auch heute noch nicht, doch ich akzeptiere das schmunzelnd, lächelnd. Eine menschliche Beziehung ist doch nicht davon abhängig (ein bisschen schon, hm). Ich gab ihm den Tipp, meine Liebesgedichte wie einen Roman zu lesen, denn in ihnen hat es genügend Verstrickungen, Beziehungsverknappungen, menschliche Lösungen und Verrätselungen.

Jetzt höre ich Beethovens Oratorium „Christus am Ölberge", wunderbar!

In eXperimenta kommt wohl einfach ein Buchtipp zu meinen „Fingerbeeren" – auf die gründliche Rezension muss ich noch zuwarten …

Nun, ich habe vor, zu Andreottis Vortrag zu gehen, auch wenn mir das Thema „Kunst und Kommerz" etwas zu abgelatscht vorkommt. Schliesslich kenne ich dieses Thema seit etwa fünfundvierzig Jahren aus dem Effeff, das ist halt so. Doch Andreotti wird gewiss geist-sprühende Funken aus diesem Thema schlagen.

Ich gehe nächtens eigentlich nicht mehr aus, ich habe ein grosses Unbehagen. Wenn Albert Rutz auch an diesen Vortrag kommt, hat er vor, anschliessend in einer Beiz noch zu diskutieren, ich werde mich nur zögernd dafür einnehmen lassen. Am wohlsten fühle ich mich zuhause, bei meinen Büchern und bei meinen Opern und wenn Marcel in Nebenzimmer ist. (Ich muss auch auf meine flackernde Gesundheit aufpassen.) Gerade in den letzten Tagen hatte ich Schwindelgefühle. Nun, ich muss und werde meinen Hausarzt wechseln müssen, der Arzt in Wolfhalden taugt nicht viel.

Nun habe ich auf Donizetti umgestellt, auf seine Belcantooper, eine Tragedia lirica, „Anna Bolena", Beethovens Oratorium „Christus am Ölberge" löste bei mir Angstzustände aus – war also doch nicht so wunderbar.

Ich bin gespannt, wie Du Albert Rutz erlebst, vielleicht darf ich davon hören.

Ich bewundere Dich, Ludwig, wie offen Du bist, dass Du auf neue Menschen einzutreten gewillt bist, das finde ich herrlich. Früher war ich auch so, doch seit Jahren lebe ich recht zurückgezogen und meide schier alle Menschen. Ich komme auch bald in Angstzustände. O wie dumm ich geworden bin! Seit über fünfzehn, zwanzig Jahren gehe ich an keine Vernissage mehr, an keine Vorlesung, bin kulturell ein Höhlenbewohner geworden.

Ich habe jetzt schon Panik, an Andreottis Vortrag zu kommen, doch ich werde es schaffen.

Lieber Ludwig, es ist schön, Dir schreiben zu dürfen. Was würde ich ohne Dich machen?

Herzlich grüssestens Dein Paul

16.1.2016

Lieber Ludwig

Wie Du das Restaurant „Brasserie" in St. Gallen resp. die Kundschaft dort beschrieben hast, ist absolut grossartig: „… weil sie ein gemischtes Völklein anzieht von Bürgern und Banausen, Schwerenötern und Schlitzohren"; ich war auch schon ein paar Mal dort, allein, einmal mit Albert Rutz, ein paar Mal mit Claudia. Ich tanzte vor Freude, wie Du das mit wenigen reichhaltigen Worten so treffend charakterisiert hast: ein Lesefest!

Dass Dein Treffen mit Albert Rutz dazu führte, dass Du neunzehn Deiner Bücher in die Uni-Bibliothek übergeben kannst, freut mich riesig, das ist doch auch was! So zeigt das Treffen mit dem Uni-Bibliothekar erfreuliche Folgen, prima.

Das mit der Caritas-Nahrungsverteilstelle behalte ich im Auge, Marcel wird und kann sich auf dem Sozialamt darum bewerben, er hat die Berechtigung zugute. Gut, dass Du mir diesen Tipp gabst, denn da zeichnet sich auch eine Sparmöglichkeit ab. – Nächste Woche nehme ich Verbindung mit der Anwältin Frau Hannelore Fuchs auf.

Ich nehme die Lektüre von Peter Bamm wieder auf, 1972, also vor 44 Jahren las ich ihn glühend interessiert, es ist wiederum eine äusserst bereichernde Lektüre; kennst Du Peter Bamm? Schau sonst einmal bei Wikipedia nach.

Der Lyriker Felix Güntert, er lebt in Bignasco im Tessin, schreibt mir, dass er „Nächte des Knurrhahns" genial finde; nun, mag er auch übertrieben haben, es freut mich doch ein bisschen …

Wie heisst Dein neuer Gedichtband mit den Gedichten zwischen 1992 und 1999? Schon in „Wohlklang singender Schalmeien" hat es Gedichte zwischen 1992 und 1994.

Es ist interessant, den innern Schlangenlinien nachzuspüren, schon als Seminarist wollte ich George Saiko (1892 bis 1962, Österreicher) lesen, nun werde ich nächste Woche seine Romane (die hoffentlich noch lieferbar sind) „Auf dem Floss" und „Der Mann im Schilf" bestellen – auf was man im Alter doch noch kommt!

Mehr und mehr habe ich teilweise Mühe, umfangreiche Romane zu lesen (für die ich früher schwärmte), ich denke mir oft, all diese vielen Details will ich ja gar nicht wissen, man könnte es auch kürzer, konziser sagen, deshalb schob ich auch William Faulkner zur Seite. Du sagst es so gut, dass Jens Peter Jacobsen ein Mozart der Sprache ist, in seinen zwei Romanen, aber auch in seinen Novellen und Gedichten; ich bin begeistert, wie Du Jacobsen so treffend erkannt hast – Du bist halt ein Wunder. Jacobsen studierte Botanik. Im Grunde war er Naturalist, doch er verzichtete auf jede soziale (sozialistische) Tendenz und zeichnete in meisterhaften Farben impressionistische Bilder, die feinste Seelen-regungen und Naturstimmungen geschickt erfassen. „Ein Buch der Herrlichkeiten und der Tiefen", nannte Rilke den „Niels Lyhne"; „je öfter man es liest, es scheint alles darin zu sein von des Lebens allerleisestem Duft bis zu dem vollen, grossen Geschmack seiner schwersten Früchte." Niels Lyhne ist ein Freidenker, ein Dichter, der nicht dichtet; sein Dasein steht unter dem Zeichen der Schwermut. Ja, Jacobsen wiegt vieles – wie Mozart – aus der Moderne auf.

Bald bekomme ich sechs weitere Exemplare meiner „Fingerbeeren", die ich noch verschicken will. Dann werde ich etwa sechzehn oder siebzehn Liebes- gedichtebücher verschickt haben. Dann werde ich etwas einatmen und schauen, was noch zu machen ist.

Dieser Brief ist wiederum staccato geraten, henu. Der lange Atem der Kantilene fehlt mir mehr und mehr …

Ein Samstagabend zuhause, das ist doch wunderbar, ich höre Belcanto, trinke Wein, rauche meine Pfeifen, zupfe dann und wann ein Buch aus den Bücherregalen, schnuppere vergnügt in ihnen, bald kommt Marcel nach Hause, dann erzählt er mir wieder mit glühenden Augen von dem, was er erlebt hat, ich freue mich schon darauf. Ja, im Grunde genommen ist das Leben so schön (ich muss meine Wohnung hier behalten können, sonst wird alles schwarz).

Lieber, liebster Ludwig, ich wünsche Dir einen schönen, guten, geistig und seelisch erholsamen, bereichernden Abend, ganz herzlich grüsst Dein Paul

21.1.2016

Lieber Ludwig,

ich danke Dir herzlich für Dein längeres E-Mail. George Saiko gehört zu den guten österreichischen Erzählern, bekam auch den Österreichischen Staatspreis, doch ich konne nur den einen Band mit seinen Briefen bestellen, alles andere ist nicht mehr lieferbar (seine zwei Romane, seine Erzählungen und essayistischen Texte); in der Literatur sind die Halbwertszeiten, die Verfallsdaten, um es ernüchtert zu sagen, sehr kurz. Selbst die „Grossen" sind nach kürzerer Zeit nicht mehr lieferbar – nur noch die „Grössten". Mit Hermann Broch, Robert Musil, Hans Lebert, Heinz Pototschnik, Elias Canetti, Albert Paris Gütersloh, Franz Theodor Csokor, Heimito von Doderer und ein paar andern gehört Saiko zu den grossen österreichischen Schriftstellern. Doch das ganze Buchgeschäft ist saisonal ausgerichtet, und nach ein paar wenigen Jahren ist der ganze Zauber vorbei. Saikos Briefe sind interessant, doch es geht eigentlich um blosse Information (Buchannahme oder nicht, Übersetzung oder nicht, Zahnweh oder kein Zahnweh), von Woche zu Woche, von Monat zu Monat; geistes- und kultur-geschichtlich wird nichts abgehandelt. ((Ha, sind viele meiner Briefe ausführlicher, weiter ausholend, rundum interessanter?)).

Dass Du nun auch noch sechs Fotobücher gemacht hast, begeistert mich: Du bist wirklich ein Universalgenie! Ein Wunder für eine bessere Welt.

Albert Rutz ist wirklich ein Schlaumeier und manchmal ein Phlegma, dass man die Wände hochkraxeln könnte, doch ich mag seine literarisch-belesene Eloquenz und sein zutiefst fröhliches Wesen; sein Lachen ist ansteckend.

Ich war am Montag beim Optiker Fielmann in St. Gallen, ich erschrak über die Rechnung, doch Du wirst schauen, wie viel Du mir vergüten kannst. Ich schicke Dir dann die Quittung, in etwa zehn Tagen kann ich die neue Brille holen. Meine Brillengläser sind entspiegelt, haben Gleitsicht (für die Nähe und Weite), werden bei

Sonnenschein dunkler, all das kostet. Ich habe noch 80 Prozent Sehschärfe. Die Augenkontrolle scheint auch nicht billig zu sein. Das Brillengestell ist sehr schön, zurückhaltend. Und dann bestellte ich bei Fielmann noch eine Leselampe mit LED-Licht, das ist weiss wie Tageslicht; meine Halogenlampe mit dem gelben Licht ist für meine Augen schädlich. Und da ich viel, viel lese, entschied ich mich für eine neue Leselampe, die meine Augen schont. Du wirst mir sagen, inwieweit Du einverstanden bist. Alles in allem kommt es auf gut 1400 Franken. Du schenkst mir dann den Betrag, den Du für gut findest. Ich hoffe, Du nimmst mir meinen Vorschlag nicht übel. Meine neue Brille und die Leselampe (Fr. 250.-), die nur ganz wenig Strom braucht, werden bis an mein Lebensende reichen. (Ich war jetzt achtzehn Jahre nicht mehr beim Optiker, und bei meiner Augenbelastung war dieser Schritt sehr notwendig, denn ich hatte mehr und mehr Mühe zu lesen.)

Jacobsens Roman „Niel Lyhne" ist auch so etwas wie eine „Bibel" des Atheismus, so wie Joris-Karl Huysmans' „Gegen den Strich", doch man kann ihn nicht derart kurzschliessen. Huysmans konvertierte zum Katholizismus und wurde Laienbruder in einem Benediktinerkloster.

DIE LITERATUR IST EIN FEST.

Hui, das wäre doch was, wenn ich Laienbruder in der Trappisten-Abbaye Notre-Dame d'Oelenberg im Elsass würde, manchmal denke ich in Sehnsucht daran (als junger Mann war ich dort Trappistenpostulant). Der Hinderungsgrund ist der, dass ich mich unter keine Autorität beugen kann – und dass ich den Katholizismus mit seinen Dogmen und seiner Papsthörigkeit verabscheue. Doch eine unbestimmbare Sehnsucht pocht immer wieder an mein Herz …

Nun habe ich siebzehn „Fingerbeeren" verschickt, drei Exemplare für die Vadiana werden von ihr direkt bestellt. Nun bin ich am Ende mit meinem Latein, doch ich hoffe, es wird noch etwas geschehen; ich verschickte es auch der „orte"-Zeitschrift, den „Saiten", der NZZ, dem Literarischen Monat, dem St. Galler Tagblatt, Charles Linsmayer, Bruno Oetterli, dem Verleger der Literaturzeitschrift „Harass", alors, warten wir ab, ob noch was geschieht (ich glaube nicht daran, ich kenne das „Geschäft" – „Kunst und Kommerz", wie Andreotti referieren wird). Doch wichtig ist, „Auf deinen Fingerbeeren tanzt das Weltall" ist DA und steht für mein lyrisches (existenzielles) Leben ein. Diese Liebesgedichte können nicht mehr ganz untergehen. Und das zählt doch über alles.

Ja, ich bin absolut gern zurückgezogen in meiner warmen Muschel – aus dieser grüsse ich Dich, lieber Ludwig, ganz herzlich innerlich verbunden, Dein Paul

23.1.2016

Lieber Ludwig

In meiner warmen Muschel zu sein, Belcanto zu hören bei einer liebeszüngelnden Kerze, Rotwein zu kosten, Pfeife zu rauchen, das gehört schon seit vielen Jahren zum Liebsten, was ich geniesse, es ist Elixier meines Lebens. Früher schrieb ich dazu meist Gedichte oder Aphorismen, Fantasien, Briefe, doch das hat stark abgegeben. Das Lesen gehört unabwendbar dazu, jetzt u.a. kulturhistorische Herrlichkeiten von Peter Bamm, zum Beispiel „Frühe Stätten der Christenheit", „An den Küsten des Lichts", „Alexander oder die Verwandlung der Welt", „Die unsichtbare Flagge", „Ex ovo", „Die kleine Weltlaterne", „Anarchie mit Liebe", aber auch seine Autobiografie „Eines Menschen Zeit". Ich liebe Peter Bamm, sein sehr gescheites, sensationsfernes, weitausholendes und doch bescheidenes Schreiben: ein intellektuelles, menschliches Fest!

Und dann überlege ich mir Axiome, Postulate, Prädikabilien, stelle Mutmassungen an über die Transzendenz, über Xenophanes, der im 6. Jahrhundert vor Christus in Elea eine Philosophenschule gründete, er lehrte einen pantheistisch gefärbten Monotheismus, das göttliche Urwesen mit dem Weltall identifizierend (von dem Eugen Drewermann eben nichts begriffen hat), nun, es ist herrlich, geistesgeschichtlich weite Räume zu durchmessen, Grenzen zu überschreiten.

Ich liebe mein Leben, meine Gegenwart, liebe aber auch vergangene Jahrtausende, wie pulsierend nah ist mir doch alles. Und dann denke ich krautundrübenquerbeet über die Glückseligkeit nach als einen allgemeinen Zustand der Wesenserfüllung und damit ein Ziel des Menschen, über die Kontingenz, in der scholastischen Philosophie die innere Endlichkeit eines Seienden, auch das, dass dieses So-Sein auch anders oder überhaupt nicht sein könnte, ich liebe es, wenn Antworten zu Fragen, Sicherheiten Unsicherheiten werden. Und wie herrlich sind die Menschheitsmythen, wo Sinnfällig-Bildhaftes – Weltschöpfungs-, Götter-, Helden- und Heilbringersagen – zu Symbolen werden. Die Welt ist überraschend reich an Mystik, Unendlichkeitsgedanken, Wahrnehmungsmöglichkeiten, Seinsweisen der Schön-heit, das Ontische (als das tatsächliche wesens-begründende Seiende).

Du hast es gelesen, die Verlagsgenossenschaft St. Gallen VGS bringt dieses Jahr noch ein drittes Buch heraus, und dann pausiert sie ein Jahr lang. Es ist famos, ich musste zehn Monate zuwarten, bis ich diesen Entscheid bekam. Ich frage Dich, Ludwig, jetzt konkret an, können wir den „Oleivo" bei Books on Demand herausbringen? Albert Rutz schreibt evtl. ein Nachwort, ich gab ihm Frist bis Ende Februar, und dann: Können wir es (mit oder ohne Nachwort) zusammen bei Books on Demand machen? Ich kann Dir eine vollständige Word-Datei liefern. Ich gestehe offen, gern, dass ich „Oleivo der Maler. Passagen aus einem Künstlerleben" lieber bei Books on Demand sehe als bei der VGS, diesem Hort der albernen, horizontlosen Arroganten. So bewahrte ich meine Freiheit eindeutig besser. Umschlag in einem schönen Dunkelgrün – nochmals mit einem Pendelbild von Dir? Das wäre ein Fest. Wenn Du einverstanden bist, könnten wir das im März machen, ja?

Diesem Kalkofen schreibe ich vorderhand nicht, Du hast ja gesehen, er konnte zum ersten Anhieb nicht mal meinen Namen „Gisi" richtig schreiben (er schrieb „Gysi"), und das verrät doch schon vieles. Irgendwie habe ich die Nase voll von dieser nebulosen VGS, für mich ist sie ein veritabler Flop.

Die Rössli-Buchhandlung bockt, sie hat ein Exemplar „Nächte des Knurrhahns" angeschafft und einen Tag darauf verkauft (doch ich musste viermal intervenieren), bei meinen „Fingerbeeren", auf die ich sie bereits zweimal angesprochen habe, mündlich und per Mail, reagierten sie völlig desinteressiert, unmotiviert vage, Schimpf und Schande über diesen Kommerzladen. Nun, „Auf deinen Fingerbeeren tanzt das Weltall" ist DA, und das ist die Hauptsache. Eine ehemalige sehr gute Kollegin (Christine König) freut sich auf die Lektüre der Liebesgedichte in den Winternächten und findet das Buch aussergewöhnlich schön aufgemacht. Dieses Kompliment über das Cover gebe ich Dir gern weiter.

Noch zu Albert Rutz: Er ist ein Schlauberger, gewiss, hat gute und schwierige Eigenschaften, leider versteht er von Lyrik nur „Bahnhof", doch ich habe Briefe von ihm, die einmalig gribblig toll sind. Er kann weit ausholen, wenn er in Form ist. Ich bin gespannt, ob er jetzt zu „Oleivo" ein Nachwort schreibt, wie er sich angeboten hat, oder eben nicht, Gewiss ist, wenn es mir nicht gefällt, nehme ich es nicht, daran soll er dann ruhig zu nagen haben. Nur aus Dankbarkeit nehme ich es bestimmt nicht auf. Da bleibe ich unrüttelbar frei. Noch niemals machte ich Konzessionen, wenn es um mein Werk ging. So halte ich es auch weiterhin. Eher ginge ich einen (erneuten) Bruch ein.

Lieber Ludwig, nun habe ich wiederum etwas clavizimpelt, rikonozzottelt und gerabaukelt, Du kennst mich ja gut. Ich bin glücklich, dass es Dich gibt, dass wir uns kennen. Ich bewundere Dich, Deine Selbstdisziplin, Dein Schreiben, Dein Wesen. Ich mag Dich als kleiner Bruder, der Dich braucht.

Herzlich grüsst Dein Knurrhahn und alter Zackenbarsch Paul

Die kühne Sprach-Äquilibristik

Ein seltsames
Lesestückvergnügen

Ich gebe es unumwunden offenherzig zu: Letzthin las ich Jean Pauls Erzählung „Des Feldpredigers Schmelzle Reise nach Flätz mit fortgehenden Noten; nebst der Beichte des Teufels bei einem Staatsmanne", und ich habe als Gesamtes nichts begriffen aufgrund seines circensischen Sätze-Äquinoktiums, seiner kühnen Sprach-Äquilibristik. Ich liebe Jean Pauls virtuose, blinkende, abrupt in sich abbrechenden oder in sich ruhenden langen Sätze, vor saftiger Fülle strotzend, Satz für Satz ist stilistisch wie wortwahlmässig ein kurrlig-murrlend kriebelmückisch brausendes, unerwartetes Fest, die Abschnitte mit Brechungen und Zickzack-aussagen, lianenverschlungen, assoziativ reich bebildert, mehr verdunkelnd als aufblitzend, es ist eine sprachliche Leselust, Jean Paul zu lesen, nur kommt mir bei ihm immer wieder der Inhalt abhanden, was ich aber nicht bedauerlich finde. Es ist ein Geheimnis, Jean Paul zu lesen, er quirlt mich auf. Schon seine seitenlangen Vorreden, Vor-Geschichten oder Vor-Kapitel, Ersten Vorlesungen, Enklaven, Billette, Belustigungen, offenen Briefe, Epistel zu seinen Werken, sie trinken sich wie süffiger Wein, auch wenn man nicht immer weiss, worum es geht.

Leider ist das Genie Jean Paul heute gänzlich aus dem Rahmen gefallen. Authentisches, Kurzes, Prägnantes ist gefragt. Das Urwaldverkrautete spielt keine Rolle mehr. Wir sind die knappe Sprachkost gewohnt, eingesperrt ins Twittern, der asthmatischen E-Mails und der SMS. Der schwindsüchtig chronische Stil wird von Verlegern und Journalisten gefördert. Das Satirische, Idyllische, die kleinbürgerliche Welt persiflierend, ist kaum mehr gefragt, und der Versuch, Poesie und Wirklichkeit zu verbinden, verbunden mit einer schönen Portion Skepsis, mit sich ergänzenden und widersprechenden Erzählelementen voller Abschweifungen aus einem empfindsamen Gefühl, visionärer Kraft und satirischem Witz, davon sind Jean Pauls grossen Romane voll. Romane, die ich liebe.

Ich werde „Schmelzles Reise nach Flätz" nochmals lesen (denn ich glaube, ich habe Wesentliches verpasst). Paul Gisi

25.1.2016

Lieber Ludwig

„DEM WESEN / DER UNENDLICHKEIT / ERGEBEN" lese ich in Deinem „Wohlklang singender Schalmeien" (Seite 15, unten) und bin existenziell fasziniert. Ich werde nun in den nächsten Nächten Dein lyrisches Opus „Wohlklang singender Schalmeien" (was für ein herrlicher Titel!) aufmerksam und intensiv mir zu Gemüte führen. Auch wenn die Gedichte nicht zu Deiner ureigensten Mission der Seinsphilosophie gehören, sind sie absolut herrlich, sprechen sie mich – da ich im Kern ein Lyriker bin – ungemein tief und nachhallend an.

Ich habe eine neue Brosmete geschrieben und in diese webte ich ein paar Elemente aus meinem Brief an Dich ein, ich muss die Brosmete eben auch „füllen" … Wirst Du mir nachsichtig vergeben?

Albert Rutz schreibt nun doch kein Nachwort zu meinem „Oleivo", er schrieb mir, es passt nicht in seine „Schedule", was wohl so etwas heisst wie es passt ihm nicht in den Zeitplan. Er war einfach zu faul. Für mich ist das kein Problem, da bleibt mein „Oleivo" noch freier.

Ich lege Dir das Dokument von „Oleivo" in den Anhang, wir können es also sofort für Books on Demand machen. Ich bin Dir so dankbar dafür, Ludwig. (Übrigens ich dachte es mir, dass sich Albert zurückziehen wird, denn er ist ein riesengrosses Phlegma, doch ich bin ihm deswegen kein bisschen böse. Die Zeit als Vorwand für die Absage vorzuschieben, ist natürlich schwachsinnig, ehrlicher wäre gewesen, er schriebe mir, er sei zu faul, doch ich kenne die Menschen und lache.)

Nun haben wir freie Fahrt für den „Oleivo", und das ist doch herrlich. Ich schreibe Kalkofen, dass er das Dokument noch behalten soll, und dann warte ich ein Jahr lang ab, was geschieht, was nicht geschieht. „Oleivo der Maler" und ich sind am längern Hebelarm … Deine Hilfe für Books on Demand zieht mich aus dem blamablen Verlegersumpf, herrlich.

Ich wünsche Dir einen schönen Abend – in freudiger Erwartung auf Deinen nächsten Brief.

Ganz herzlich grüssestens Dein Paul

30.1.2016

Lieber Ludwig,

ich war glücklich, heute Mittag ein Mail von Dir zu lesen, ich sehe, es geht Dir gut, und das freute mich riesig.

Der emeritierte Stadtarchivar Ernst Ziegler übernimmt ein wirklich grossartiges Projekt, die handschriftlichen Notizen von Arthur Schopenhauer zu transkribieren, ich denke mir, das würde mich auch interessieren. Soll ich einmal den ersten Band kaufen? Von Schopenhauer habe ich eine zehnbändige Ausgabe, doch ich muss gestehen, ich habe noch nicht alles gelesen. – Übrigens, von Jean Paul liegen noch vierzigtausend handgeschriebene Seiten Notizen, die noch nicht publiziert sind, in Archiven. Eine Auswahl daraus habe ich in einem neunhundertfünfzigseitigen Buch, das „Gedanken" heisst. Hochinteressant!

Was meinst Du, können wir im Februar den „Oleivo" für Books on Demand machen? Ich würde gern, wenn es Dir geht, den Laptop wieder holen, Du wirst es mir sagen, wie es Dir passt.

Als ich 24-jährig war, wollte mir die deutschsprachige Abteilung der Universität Mailand aufgrund meiner Publikationen den Titel Prof. h.c. (Professor honoris causa, ehrenhalber) geben, ich habe abgelehnt, da ich mich dafür noch nicht „reif genug" sah – jetzt wäre ich ein Professor emeritus (hahaa!). Für Titel hatte ich schon immer eine Abneigung. Wenn mich jetzt jemand fragt, welchen Beruf ich habe, sage ich Schriftsteller und Lyriker und nicht Pensionierter …

Ich werde wiederum bald einige Bücher des Philosophen Josef Pieper lesen (ich habe auch eine Sprechplatte von ihm), ich war als Neunzehn- und Zwanzigjähriger Hörer einiger seiner Vorträge in Zürich, ich mag ihn sehr, auch wenn er etwas konservativ, traditionell ist. Bei ihm wird Geschichte Gegenwart und Gegenwart Entscheidung, und das beeindruckt mich sehr. (Er ist ein christlicher Philosoph, und das tut auch gut.)

Ich bin baff vor Staunen über Dich, lieber Ludwig, da kannst Du einfach nochmals 200 Gedichte anfügen, korrigieren, Du bist wahrlich ein Titan! Du schreibst resp. publizierst so viel, ich komme mit dem Lesen gar nicht mehr nach … Das ist weltweit einmalig! Jetzt ist dann bald die ganze Ernte Deines Lebens unter Dach und Fach, im Internet und als Buch zu haben. Doch Du ruhst Dich ja nicht aus, Du schreibst unentwegt Neues, bist regelmässig nächtlich schöpferisch, ein Wunder. Du hast Dir eine Frische bewahrt, die ich bewundere, das kannst eben nur Du, der grosse Philosoph des Seins, ein unerschütterlicher Wegweiser aufs Sein hin. Da dümpelt die Menschheit im Seichten sinnlos vor sich hin – und Du öffnest Welten im Spirituellen, das ist erschütternd herrlich.

„Bedenke ich es recht, kommt mein ganzes Schreiben aus einem Erschüttertsein hervor", so schrieb ich heute einen „Satz". Doch ich will weniger „bilanzieren", sondern Gegenwärtiges und auf die Zukunft hin Relevantes notieren.

Früher sprach man oft von einem Menschen als „Privatgelehrter", nun, ich bin das wohl nicht, doch meine Sympathie ist diesem Begriff – der Bedeutung dieses Begriffs – nahe.

Dass Dir Schopenhauer so viel bedeutet, seit Jahren weiss ich darum, hat mich dann und wann erstaunt, denn man darf wohl sagen, dass Schopenhauer **der** Philosoph des Pessimismus ist; pessimistisch bist Du überhaupt nicht. Gut, die Sprache ist – wie bei Sigmund Freud – eine der klarsten im Deutschsprachigen, und er hat als einziger grosser Philosoph das (fast buddhistische) Mitleid hoch anerkannt. Und wie gekonnt hat er das Sic et non, das Ja und das Nein in seine Methode eingebaut. Die Vorstellung an sich, zur Einheit mit der Kausalität verknüpft, unbewusst doch instinktsicher (mittels der platonisch gegliederten Welt bis zum Bewusstsein des Menschen entfaltet), während die Natur die Ideen nur getrübt verwirklicht, ist die Kunst deren reine Darstellung. Und was erregend bei Schopenhauer ist, dass die Wurzel des Sittlichen im Mitleid des Menschen mit dem Leiden des anderen ist. Die atheistisch-pessimistische Erlösungsmetaphysik ist mit dem Christentum unvereinbar, da unterscheidet sich Ludwig Weibel fundamental zu ihm. Doch ich bin kein Schopenhauer-Kenner; ich nehme mir vor, wiederum Schopenhauer zu lesen, doch ich muss gestehen, dass ich zurzeit manches andere bevorzuge, bevorzugt lese. Ich glaube, seinen handschriftlichen Notizen, die Ernst Ziegler nun der Menschheit zur Verfügung stellt, würde ich auch hohes Interesse entgegenbringen.

Charles Linsmayer, Du kennst ihn vielleicht, der sich sehr um die Schweizer Literatur verdient gemacht hat, hat mir den „Knurrhahn" und die „Fingerbeeren" retourniert mit der lakonischen Bemerkung, dass er keine Möglichkeit hat, sie zu rezensieren. Nana, was für eine arrogante Lüge, doch ich bin machtlos. Es ist schier aussichtslos, für meine Liebesgedichte etwas zu unternehmen. Doch was soll's! Der Paul Gisi geht nicht unter … Zwanzig Jahre nach meinem Tod sieht die Schweiz, wer ich war, hélas!

Ich habe auch wieder ein paar wenige Gedichte, die sich, so glaube ich, sehen lassen dürfen. Ich warte ab, ob was daraus wird.

Du, Ludwig, bist der Grösste im Spirituell-Poetischen Kunstbereich, noch nie gab es in Europa und in der Welt überhaupt etwas Deinesgleichen. (Ich irre mich da nicht.)

So, nun lese ich noch etwas in Jeanne Hersch, „Das philosophische Staunen", nachher schaue ich mit Marcel einen spannenden Film.

Ich weis nicht, worin es liegt, doch dieses Wochenende hat mir wieder Mut gegeben zu leben, zu schreiben. Ich bin froh, Dir das mitteilen zu können.

Ich wünsche Dir von Herzen einen guten Samstagabend und verbleibe, Dich als Freund und kleiner Bruder umarmend, als Dein Paul

31.1.2016

Lieber Ludwig,

heute Sonntag machte ich keinen Schritt aus meiner Wohnung, aus meiner warmen Muschel, es war ein wunderbarer Tag. Ich ass Fasnachtsküchlein, trank etwas bourgeoisen Chianti, hörte viel Musik, las die Philosophin Jeanne Hersch, etwas Jean Paul, recht viel Peter Bamm. Ich kritzelte ein paar Gedichte, warf sie aber in den Papierkorb, sie kommen nicht an das heran, was ich wollte. Und dann versuchte ich, ein paar Aphorismen zu notieren, was aber auch nicht gelang. Henu, ich bin nicht traurig, dass ich da versagte, ich weiss es, es kommt schon wieder.

Es ist für mich ein Fest, Bücher, die ich vor langer, langer Zeit gelesen habe, erneut zu lesen; Jeanne Hersch habe ich seit 1983 und habe „Das philosophische Staunen" noch nicht gelesen. Es ist entzückend, in meiner Bibliothek immer wieder ein Buch zu finden, das ich noch nicht gelesen habe. Es wäre für mich tragisch, in eine kleinere Wohnung ziehen zu müssen und viele,

viele Bücher entsorgen müsste (abgesehen davon, dass ich ohne Marcel nicht mehr leben wollte). Für diese Wohnung habe ich 28 Bananenschachteln voll Bücher entsorgt, was schmerzlich war. In Staad hatte ich etwa fünfzig Schachteln voll Bücher in der Garage deponiert, doch für diese Wohnung hier konnte ich lediglich 22 Schachteln aus der Garage auspacken und aufstellen. Doch ein erneuter Verlust meiner Bücher wollte ich nicht überleben.

Arthur Schopenhauer ist mit Sigmund Freud und Friedrich Nietzsche einer der grössten, besten Stilisten der deutschen Sprache, und ich begreife, dass Du das sehr magst. Inhaltlich scheint mir Schopenhauer aber sehr konträr zu Dir zu sein, sehe ich das richtig? Dass Du ihn so liebst, ist mir ein Geheimnis. Doch ich weiss, Du differenzierst, und auf das kommt es eben an. Es interessierte mich, eine Biografie von Schopenhauer zu lesen, ich weiss nicht allzu viel von seinem Leben, kenne ein paar Anekdoten, er muss ein sehr schwieriger „Herr" gewesen sein … Und Du schriebst Ernst Ziegler, dass man eine so faszinierende Persönlichkeit wie Schopenhauer einfach lieben müsse. Ich verstehe das. Und die Welten, die für Dich wichtig sein könnten, die rotarischen, freimaurerischen und liberalen Kreise, nun, von dem verstehe ich als kleiner Lyriker eigentlich nichts. Verzeihe bitte Deinem kleinen Freund und Bruder, dass ich so unbedarft bin. Für mich ist einfach der Mensch ausserhalb jeder Gruppierung wichtig; der Einzelne, das Individuum wühlt mich auf, davon sagen auch meine Liebesgedichte … Es ist für mich ein Wunder, dass Du mich, mein Schreiben magst.

Ich war seit eh und je fasziniert von Deinem Schreiben, und je mehr ich von Dir lese, umso stärker wird das noch. Ich bin da ganz ehrlich. Dein Schreiben bereichert mich sehr. Du hast mir einige Deiner Bücher geschenkt, die werde ich alle lesen, es ist schön, dafür Zeit zu haben. Die nächsten Wochen und Monate werden ganz Deinen Büchern gewidmet sein. Dass ich dazwischen immer wieder andere Bücher lese, gehört einfach zu mir.

Ich wünsche Dir einen schönen Abend und eine ganz gute Woche, herzlich grüsst Dein Paul

1.2.2016

Lieber Ludwig

Heute versuchte ich vier-, fünfmal telefonisch, die Anwältin Frau Hannelore Fuchs zu erreichen, doch niemals wurde das Telefon abgenommen. Nun, ich versuche es morgen mit einer andern Telefonnummer, da Frau Fuchs auch im Anwaltsbüro von Paul Rechsteiner ist. Ich werde wohl dort weitergelangen können.

Du hast mir drei Gedichte geschickt, sie sind intonationsmässig, wortwahltypisch und inhaltlich ganz Du: unverfälschte Ludwig Weibel. Und das ist doch grossartig. Schelmisch, süss (im besten Sinn), wesentlich das Wesentliche treffend. Ganz liebeszart und feinfühlig, wie nur Du sein kannst. „Das Stillesein / verklärt den Morgen / in der Herzlichkeit des Weilens", so wie in dieser Poesie, Lyrik, schreibst Du auch in der Prosa, bei Dir ist eins das andere, eins im Da-Sein, das ist unvergleichbar herrlich. „Die Oleanderblüte / leuchtet uns in ihrer / Unschuld liebevoll und / zart entgegen", wo ausser bei Dir darf man dies hören, lesen? Aus dem „Tag" wird bei Dir ein „Täglein", wie feinsinnig das ist. Und die Sonne überguckt den Rand der Hügel, beglückwünschend „zu ihrem zwitterhaften Tun". Was für eine zartfeine schillernde, in sich gelockerte Erotik.

Deine Gedichte sind so wundersam zart, wie es deine Prosa auch ist; doch das Wort „Prosa" deckt Dein nichtlyrisches Schreiben überhaupt nicht ab, es ist ein hymnisches Schwelgen und Beherrschtsein im Feuer des Seins, eine Lohe im Sein, eifrig bemüht, den Menschen aus seinen Niederungen zum Höhern zu führen; im grossen Wissen um des Menschen Verführbarkeit im Alltäglichen zeigst Du Bojen der Rettung auf, mild und zart, das ist ein Erlebnis.

Für heute Nacht nur dies. Ich danke Dir, dass Du mir Deine Gedichte zum Lesen gibst.

Ich wünsche Dir eine gesegnete Woche, herzlich grüsst Dein Paul

2.2.2016

Lieber Ludwig

Ich danke Dir, dass Du die Quittungen retourniert hast. Und dass Du die Kosten übernimmst, ist für mich ein sehr, sehr grosses Geschenk, ich danke Dir ganz herzlich dafür, Du bist so wunderbar grosszügig, gütig – einmalig in der Weltgeschichte!

Ich lese wiederum in den Gedichtbänden von Kurt Rüdiger, Karlsruhe; ich glaube weniger (doch ich schaute noch nicht), ob er im Internet ist. Als Neunzehnjähriger hatte ich einen wenige Jahre dauernden Briefwechsel mit ihm, er widmete mir auch handschriftlich zwei seiner Bücher. Eigentlich alle Gedichte handeln von Liebe.

Ich habe von ihm:
- Dämon, starker Engel
- Das Thema heisst Liebe
- Sonette für Simone
- Gärtlein
- Knabenreich
- Der Knabe und der Wind
- Blutroter Mond (Gedichte von Max Jakob, übertragen von Kurt Rüdiger)
- A und O
- Stern überm Haupte
- Der Abgrund aus Liebe
- Unus Unae I (Einer Einer, müsste lateinisch richtig heissen Unus Uni)
- Unus Unae II
- Lass mir deinen Namen
- Zyklen (mit Originalholzschnitten von Fritz Möser)

Ich mag Kurt Rüdigers Werk sehr mit seinen Tausenden von Gedichten; sein Wirkungskreis ist immer schmal gewesen, geblieben (das hat doch Parallelen zu mir). Von der zeitgenössischen Literaturzunft ist er nie angemessen anerkannt worden, doch sein Werk hat Grösse! (Ich wurde immerhin bis ca. zu meinem vierzigsten Lebensjahr recht anerkannt, dann rutschte ich ins „Nichts".) Bei ihm hat das auch damit zu tun, dass er Liebesgedichte auf Knaben schrieb, was ihm die Ächtung eintrug. Von der Freiheit in Sachen „Liebe" ist unser angeblich aufgeklärtes Zeitalter noch weit entfernt. Spielarten der Lust, die nicht auf der Gängigkeit, der Moral der Gesellschaft liegen, werden immer noch gnadenlos diffamiert. Differenziale in der Religion und in der Geschlechtsausrichtung werden rigoros unterbunden, kaltgestellt, auch heute noch. Die Menschheit ist rückständiger als Boccacios „Decamerone" oder wie

Pier Paolo Pasolini. Freiheit gibt es nur im Laufgitter der Rückständigkeit, der altvettelischen Banausigkeit.

Meine Briefe an Claudia Vamvas habe ich in zwei, drei Word-Dateien, etwa 130 A4-Seiten, die könnten wir bei Books on Demand machen, doch es ist auch eine Apologie auf die Homosexualität – ich bin eben bisexuell. Ich liebte Claudia sehr, nur körperlich war sie nicht „mein Typ". Wenn Du, Ludwig, Dich nicht scheutest, einmal darin zu lesen, könnte ich Dir das Dokument online senden; Albert Rutz ist von diesen Briefen hell begeistert, sie sind ja auch hochdramatisch …, Rainer Stöckli las den ersten Teil, doch er hat sich nie geäussert (er äussert sich über meine Gedichte auch nicht). Der Lyriker Fredy Stäheli fand diese Briefe sehr beeindruckend, und der Lyriker und Maler Marco Zanetti war glücklich und dankbar, dass ich ihm dieses Dokument geschickt habe. Ich persönlich wäre bereit, den Veröffentlichungsschritt zu wagen; ich bin eben, wie ich bin, polyphon, sinfonisch veranlagt.

Claudia war gar nicht glücklich, dass ich diese Briefe in einer Auflage von zwanzig Stück „publizierte", doch für eine Publikation bei Books on Demand würde ich sie nicht anfragen, ich allein habe das Copyright über meine Briefe, da darf mir kein Mensch dreinreden. Ich könnte Dir, Ludwig, auch die fotokopierten Ausdrucke schicken, wenn Du Dir das Lesen dieser Briefe einmal zur Kostprobe zu Gemüte führen lassen wolltest (ich habe noch, so glaube ich, zwei, drei Exemplare). Nur wollte ich, wenn überhaupt, die *ganzen* Briefe publizieren, ohne jede „Zensur" (meinerseits). Alles oder nichts. Ich will auf keinen Fall mich „besser machen", als ich bin.

Doch zuerst wünsche ich den „Oleivo" bei Books on Demand zu machen, denn ich glaube schon, das ist ein kleiner coup de génie …, hm.

166

Die Briefe an Claudia segeln unter dem Haupttitel „Der konkrete Atem des Weltalls. Briefe an Claudia" (sie wären im kleinen Kreis gewiss eine Sensation). Und anstatt für den Namen „Claudia" einen andern Namen zu nehmen, dazu möchte ich mich nicht durchringen, ja?

Doch ich warte in diesem Belang erst mal Deine Stellungnahme ab, Ludwig – Rom ist ja auch nicht an einem Tag gebaut worden.

Es ist für mich unendlich befreiend schön, Dir über alles offen schreiben zu dürfen, wer verstände ausser Dir so viel? Und Deine Toleranz ist weltweit einmalig.

Ich danke Dir für alles, alles. Herzlich grüssestens, Dir die Hand drückend, Dein Paul

4.2.2016

Lieber Ludwig

wann können wir den „Oleivo" für Books on Demand machen? Du weisst ja, Albert Rutz schreibt jetzt doch kein Nachwort (er ist zu faul, was für ein Phlegma!), so dass wir grüne Fahrt haben; das Dokument schickte ich Dir schon, hast Du es noch? (Ich könnte es jederzeit nochmals schicken, kein Problem.)

Die Briefe an Claudia und andere Briefe lasse ich doch besser im Verlies, es könnte eine Belastung für mich und andere Menschen sein, und das muss ich unbedingt vermeiden. Ich sicherte Claudia zu, dass erst fünfzig Jahre nach meinem Tod nochmals ein Mensch diese

Briefe lesen darf, das will ich nun doch einhalten. Es geht um Fairplay!

Ich stelle nun einen Lyrikband zusammen, der nach meiner grossen Sammlung der Liebesgedichte „Auf deinen Fingerbeeren tanzt das Weltall" siebzig bis neunzig Seiten hätte (pro Seite zwei Gedichte), ich nenne ihn im Haupttitel (wie Dir schon bekannt) „Gewichtlos, schwer von Welt" mit den Kapiteln „Sonnenfackeln in der Nacht", „Feueratem", „Gewichtlos, schwer von Welt", „Lichthin in deinen schwarzen Pupillen", „Ich lösche dein Feuer mit meiner Zunge" und dem letzten Kapitel, an dem ich noch arbeite und keinen Titel habe (das kommt schon noch). So als „Abgesang" wäre das doch trefflich! Für mich als Künstler, als Lyriker wäre das eine herrliche Abrundung meines Werks. (Doch es dürfte Sommer werden, bis ich das alles unter Dach und Fach als Word-Datei habe, ich muss manches, da ich ein PC-Chaot bin, neu abtippen, was für mich beschwerlich ist.)

Mario Andreotti ist sehr herzlich geworden, ha, das hat ein bisschen auch damit zu tun, dass ich herzlich geworden bin …

Nach dem „Oleivo" nochmals einen Lyrikband mit Dir für Books on Demand zu machen, ach lieber Ludwig, ich will Dich nicht zu sehr strapazieren, doch das wäre nun wirklich ein Fest.

Derweilen bist Du ja so beschäftigt mit Deinen Büchern, das gab es weltweit noch nie, dass jemand innerhalb so kurzer Zeit über zwanzig (vier- bis sechsundzwanzig?) Bücher publizierte. Uneingeschränkt zu sagen: Du bist ein Genie! (Ich bin nur ein strampelnder Kleinlyriker.) Doch ich fühle und erlebe, dass Du mich ernst nimmst, das ist für mich ein grosses Geschenk.

Die Anwältin Frau Hannelore Fuchs erreichte ich noch nicht; in Rorschach, ich telefonierte bereits sieben- bis achtmal, es nimmt niemand ab. Jetzt habe ich per Internet eine St. Galler Adresse ausfindig gemacht, doch das Telefon ist nur an vier Halbtagen besetzt, bis jetzt Totenstille! Doch ich komme schon noch zum Ziel! Ich kann auch schön hartnäckig sein …

Ja, sobald ich wüsste, dass ich diese Wohnung behalten kann, dass ich etwas Lebenssicherheit bekomme, schreibe ich wieder Gedichte; in einer für mich total ungewissen Zukunftsaussicht verstumme ich, verfalle ich einem Totstellungsreflex.
Zum „Knurrhahn" schreibt mir Andreotti: „Ob eine Rezension im St. Galler Tagblatt möglich ist, muss ich schauen." Ich zweifle an seinen guten Absichten nicht, doch ich warte kritisch ab, ob wirklich was geht …
(Auch ein Andreotti kann bei der Zeitung nichts bewirken, wenn diese nicht will, und das St. Galler Tagblatt ist mir seit Jahrzehnten nicht gutgesinnt.)

Manchmal sage ich mir, die ganze Welt kann mich doch … ((am Arsch ficken, verzeih mir diesen Slang)). Ich bin jetzt 66-jährig und bekam erst drei regionale Preise, völlig unwichtige, und sonst bekam ich nur Prügel oder Indifferenzen meinen Leben resp. meinem Werk gegenüber zu spüren. Jeder literarische Schnapphahn hatte mehr Erfolg als ich. Wie Schopenhauer von seiner Zunft nicht ernst genommen wurde, werde auch ich nicht ernst genommen. Ich erlebte nur Ablehnung oder Gesülze.

Nanu, ist mir heute Nacht auch wurst. Ich bin, der ich bin, voilà.

Deine Bücher mit den erhabnen Seinsgefühlen helfen mir.

Herzlich grüssestens, Dir die Hand drückend, verabschiede ich mich für heute, bald wieder einmal so oder anders. Dein Paul

5.2.2016

Lieber Ludwig

Heute arbeitete ich viele Stunden am neuen Liebesgedichteband „Gewichtlos, schwer von Welt" (ich muss zum Beispiel das Bändchen „Ich lösche dein Feuer mit meiner Zunge" vollständig abtippen, da ich es nicht mehr im System habe, o ich Narr); insgesamt ergibt das meine Gedichte 2011 bis 2016, also fast zweihundert Gedichte, ich war also (trotz Burn-out), lyrisch gesehen, doch nicht ganz so untätig, wie ich immer befürchtete, in sechs Jahren immerhin zweihundert Gedichte, das ist zwar nicht mit Dir zu messen, doch ich bin's zufrieden (das sind 33 Gedichte pro Jahr, das ist für mein Ausflackern doch noch was). Rechnerisch, mathematisch statistisch ist in diesem Belang nichts Wesentliches auszusagen. Das Schöpferische hat seine eigene Logik. „Gewichtlos, schwer von Welt" wird etwa hundert Seiten haben, das darf sich doch sehen lassen (pro Seite zwei Gedichte).

Können wir nach dem „Oleivo" „Gewichtlos, schwer von Welt" für Books on Demand machen? Für mich wäre dies ein sehr guter „Abschluss". Dann ginge ich innerlich in eine Retraite, möchte ich eine Zeitlang nichts mehr publizieren. Du wirst es mir sagen, was Du dazu denkst. (Dann hätte ich vier Bücher bei Books on Demand.)

Heute habe ich auf meinem PostFinance-Konto gesehen, dass Du mir Fr. 1400.- einbezahlt hast, lieber Ludwig, ich danke Dir vieltausendmal für Deine Grosszügigkeit, Du bist ein Wunder an Generosität, an Güte; ich bin Dir existenziell dankbar!! Ich umarme Dich mit meinem ganzen Wesen.

Heute Nacht lese ich noch Gedichte von Kurt Rüdiger, „Der Abgrund aus Liebe", Ludwig Weibel, „Wohlklang singender Schalmeien" (ein genialer Titel!), noch ein paar Stückelchen von Robert Walser und etwas in Jeanne Hersch, „Das philosophische Staunen", alles bei Wein, Kerze und Donizetti und Pfeife, Du kennst ja meine warme Muschel, in der ich mich wohlfühle (mein Zimmer hat 24 Grad Celsius).
Lieber Ludwig, liebster Ludwig, ich danke Dir für alles, Du bist wahrlich der beste Mensch, den ich je in meinem Leben kannte.

Ich wünsche Dir ein ganz schönes Wochenende, herzlichst grüssestens Dein Paul

13.2.2016

Lieber Ludwig,

ich lese Robert Walsers Gesamtwerk von A bis Z nochmals, ich habe ihn in dreissig Bänden, sieben Bände habe ich in den letzten Monaten bereits gelesen, heute Nacht lese ich eine Biografie von ihm, von Robert

Mächler. Robert Walser war ein Genie, ich liebe seine Art zu schreiben extrem sehr.

Morgen Sonntag bin ich mit der Korrektur von „Oleivo" fertig, ich bin überzeugt, dass es ein gutes Buch wird! Ich werde dann versuchen, alle Hebel in Bewegung zu setzen, um es bekannt zu machen. Oleivo ist ein Textkorpus, wie es ihn überhaupt noch nicht gibt in der Literatur; ich übertreibe nicht, wenn ich sage, dass er einmalig ist, inhaltlich wie sprachlich. Grammatikalisch gesehen, ist er auf 84 Seiten ein einziger Satz – doch die „Süffigkeit" bezieht sich natürlich auf den Inhalt: er ist märchenhaft, kritisch, ironisch, purzelbaumschlagend, übermütig persiflierend, ins Leben verliebt!

In den nächsten vierzehn Tagen werde ich auch meinen nächsten (und wohl letzten) Liebesgedichteband „Licht-hin in deinen schwarzen Pupillen" fertig haben.

Ich freue mich sehr auf Deinen nächsten Gedichtband – Du publizierst, schreibst aus einer Fülle heraus, die ich bewundere. Obwohl ich über hundert Publikationen habe, habe ich nicht das Gefühl, dass ich aus einer Fülle heraus geschrieben habe; gut, in meinen besten Jahren habe ich zehn bis fünfzehn oder mehr Gedichte pro Nacht geschrieben, doch ich hatte immer das Gefühl, dass es mir „abgetrotzt" sei … Und dann hatte ich immer wieder Wochen, ja Monate, wo ich überhaupt nichts schrieb, weil ich mich „verpuppen" musste, weil ich den Seelenstausee erst wieder voll werden lassen musste. Eine schöpferische Kontinuierlichkeit kenne ich nicht. Die Amplitude – die Schwingungsweite – von über-sprudelndem Schreiben und von verkarstetem Ringen nach Gedichtworten war bei mir immer extrem gross.

Es gibt niemanden auf der Welt, in der Kunstgeschichte, der wie Du innerhalb weniger Monate so viele umfangreiche Bücher publiziert hat, und Du zählst Dich, so nehme ich an, ja nicht nur zur Literaturgeschichte, Du pflegst eine menschenliebende Mission, willst den Menschen durch Deine Schriften zum Göttlichen erheben, näher ans SEIN führen – und somit hat der Absatz Deiner Bücher noch grössere Schwierigkeiten, als es sonst schon vermaledeit bei literarischen Werken, die Bestsellergeschmonze aus dem Weg gehen, der unrühmliche Fall ist.

Dein Gedanke, ein Buch von Dir allen im Schriftstellerverband – ich überlegte das in den letzten Tagen eingehend – zu schicken, ist vermutlich nicht „erfolgversprechend". Ich mag Deine Bücher sehr, sie machen mich an Gefühlen und Gedanken reicher und mutvoller, doch die meisten Schriftsteller würden vermutlich gereizt oder gar nicht reagieren, wenn sie merken, dass jemand ein esoterisches Buch ungefragt schickt. Wie für viele Menschen – wie z.B. selbst auch Albert Rutz – ist Lyrik ein rotes Tuch, so auch eine Art von Esoterik. Ich rate Dir von dieser Idee eher ab. Als ich das als Zwanzig- und Einundzwanzigjähriger machte und allen einen Lyrikband schickte, hatte ich einen „Jugendlichkeitsbonus". Doch Du wirst überlegen und unabhängig von mir entscheiden. Vielleicht hilft Dir hier die Art, positiv zu denken, und ich irre mich, was mich freuen würde. Vom Präsidenten des Schriftstellerbands wurde ich gemahnt, keine Bücher mehr allen Mitgliedern zu schicken, da es eben auch Missfallenskundgebungen gab.

Die Anthroposophische Gesellschaft in Dornach übernimmt Deine Bücher eher gewiss in ihr Archiv, was meinst Du? Du hast mir zwar, als Du bei mir warst, gesagt, dass Rudolf-Steiner-Anhänger gegen „Abweichungen" ablehnend reagieren, doch ist dieser borniere Dünkel nicht endlich vorbei? (Ich habe noch nie allzu gut von den Anthroposophen gedacht, das Sektiererische ging mir schon immer auf die Nerven.) Und Du weisst es, von Rudolf Steiner denke ich gar nicht gut. Ich mag seine Eitelkeit und Ausschliesslichkeit nicht. Er war kein grosser Denker, sondern eine fragwürdige Führernatur. Und „Führernaturen" lehne ich alle ab, man denke nur an den „grossen Führer" der Nazi; Jesus war kein Führer, so wenig wie Buddha, Laotse, Meister Eckhart, Franz von Assisi. Barmherzigkeit kennt keine Doktrin, kein Dogma, keine Mitgliedschaft, kein System, keine „Abweichler". Anthroposophie heisst eigentlich einfach „Menschenweisheit", doch Rudolf Steiner hat sie in eine philosophisch-weltanschauliche Richtung gebracht, mit Steigerung des menschlichen Bewusstseins intuitive Aufschlüsse über die geistige Welt und ihr Wesen zu erhalten, doch nur so, wie er sich das ausdachte: Wo ist da die Demut? Du, Ludwig, weist in Deinen Büchern sehr milde, gütig und auch poetisch aufs höhere Sein im Menschen hin, Du bist einem Rudolf Steiner haushoch überlegen im Verstehen alles Menschlichen! Ich liebe es, Ludwig Weibelianer zu sein, denn Du lässt in Deinem unnachahmlichen Verständnis des Menschenwesens viel Freiheit zu; Du führst gütig zum Guten, ohne Trennungslinien zu ziehen. Dein tiefes Menschentum überzeugt mich. Du raunst keine Geheimlehre, sondern öffnest einfach die Herzen der Menschen, hin zum Schönern, Grössern, Seinsnähern. In Deinem Buch „Nimbus der Verklärten" singst Du Dich ins Zentrum der Welt. „Im Seinsverständnis gibt es keine Strecken, die zu überwinden wären, sondern nur Intensitäten des Erkennens, was da *ist* und was sich ständig abspielt zwischen helleren und dumpferen Bewusstseinsstufen" (Seite 97). Das ist es: Du zeigst auf, ohne mit dem zürnenden Moralfinger zu winken. Du verurteilst auch niemanden, das finde ich sehr gut.

Ich bin nur ein kleiner Lyriker, doch ich glaube, ich lese Ludwig Weibel sehr gut, durfte ich das sagen?

Es geht um die „Intensitäten des Erkennens", o Ludwig, das ist so gut und verstehend gesagt.

Dass ich Dich kennen darf und durch Bücher immer noch besser, ist für mich ein Glück.

Jetzt schenke ich Marcel noch etwas Zeit, er ist immer voll von Mitteilsamem.

Dir lieber grosser Ludwig danke ich für alles, herzlich grüsst Dein kleiner Paul

16.2.2016

Lieber Ludwig

Zurzeit lese ich hauptsächlich Ludwig Weibel und Robert Walser; es ist eine grosse Begeisterung, Ludwig Weibels Gedichte und Robert Walser zum zweitenmal zu lesen. Über Robert Walser bin ich wiederum zu Gottfried Keller gestossen, ich vertiefe mich erneut in seine Gedichte, Erzählungen, Aufsätze, Kund-machungen, Die Leute von Seldwyla, Sieben Legenden, Züricher Novellen, Der grüne Heinrich und in das Sinngedicht – und, als Novum für mich, ich muss gestehen, das habe ich noch nicht gelesen – in seinen Roman „Martin Salander", den ich heute Nacht als Erstlektüre zu lesen beginne. Ich habe richtig Lust bekommen, Gottfried Keller zu lesen, den wohl grössten Dichter, den die Schweiz vor Robert Walser hatte. Plaudite amici, ist musste fast siebenundsechzig Jahre alt werden, um den „Martin Salander" zu lesen. (Ich habe

Gottfried Keller seit 1971 in fünf sehr umfangreichen Bänden.)

Den „Oleivo" habe ich fertig korrigiert; sobald Du von Spanien zurückkommst, kannst Du mir einen Termin durchgeben, wo ich dann mit dem Laptop zu Dir kommen kann, damit Du ihn als pdf Books on Demand senden kannst. Ist das gut so?

Am 15. März hält Andreotti seinen Vortrag im Raum für Literatur in der Hauptpost St. Gallen, ich sagte ihm zu, doch ich bin schon ein bisschen aufgeregt, da ich nachts eigentlich nie mehr ausgehe. Ich habe Angst, Schwindel-gefühle zu bekommen, ich bin halt gesundheitlich schon etwas angeschlagen. Doch nun will ich positiv sein und sage mir, das wird schon gut gehen. Ich muss nach dem Vortrag einfach bald wieder nach Hause gehen, sonst, wenn ich noch Wein in einer Beiz trinke, haut es mich um. Und da ich so ängstlich bin, ziehe ich wohl die Gefahr auch an … (mein griffbereiter Pfefferspray in der Tasche gibt mir nur vordergründig Sicherheit). Ich bin seit letzten Sommer, als ich per Notfallauto in die Notfallstation des Kantonsspitals geführt wurde, nachts nie mehr ausgegangen.

Hier in meiner warmen Muschel habe ich Sicherheit inmitten meiner Bücher, bei meiner Kerze, bei meiner Musik, bei meiner Pfeife. Wenn mir das fehlt, werde ich sehr nervös. In einer nächtlichen Stadt wittere ich lauter Gefahren um mich (da habe ich halt einen Tick). Früher war das anders, da liebte ich es, in der nächtlichen Stadt umherzustreifen …

Heute bekam ich von der Anwältin Frau Hannelore Fuchs die E-Mail-Adresse von einem Büro in St. Gallen, wo sie auch noch arbeitet; sie war in den Ferien, deshalb erreichte ich sie telefonisch nicht. Ich schreibe ihr morgen ein Mail, da sie telefonisch sehr schwer zu erreichen ist, auch wenn sie da ist. Ich werde ihr meinen Fall schriftlich schildern und sie um einen Gesprächstermin bitten.

Lieber Ludwig, ich wünsche Dir für Spanien menschlich alles Gute, privat wie beruflich, ich grüsse Dich ganz herzlich, Dein Paul

16.3.2016

Lieber Ludwig

Es war schön, Ludwig, Dich gestern im Raum für Literatur in der St. Galler Hauptpost zu treffen, mir gefällt Deine Souveränität, Deine Selbstdisziplin und auch Dein Humor, der immer wieder zart, sanft, ja gütig aufscheint.

Maria Andreottis Vortrag war gewiss eloquent, brillant, manchmal streifte er in seinen Wiederholungen die Rhetorik, die er kunstvoll eingebaut hat. Im grossen und ganzen hat er natürlich nichts Neues gesagt, man kennt die „Trieb"richtungen des Kommerz, des Schunds – und im Gegensatz dazu die echten Kunstwerke. Mindestens neun Zehntel, was sich in den Buchhandlungen und im Feuilleton tummelt, ist Quatsch, Müll. Aus Andreottis Vortrag habe ich besonders das Wort „Deutungsoffenheit" behalten, dessen Inhalt ich zwar gut kenne, aber ich hatte dieses Wort nicht im aktiven Wortschatz … Und über seine Fallbeispiele, die er positiv geladen sah – Wolf Wondratschek und Marlene Streeruwitz – denke ich ganz anders als Andreotti: sie sind elender Müll, nicht der Rede wert, Plattitüden, Kitsch.

Das literarische Gehabe in diesem Raum für Literatur fiel mir etwas auf den Wecker, ich bin froh, darin nicht mitzappeln zu müssen; im Grunde genommen gefällt mir meine Schreibstille – still für die Stille zu schreiben – recht gut, ist sie mir adäquat, massgeschneidert auf mich bezogen. In diesem ganzen Wettbewerbskuchen habe ich nichts verloren. Zum Beispiel wie Tim Krohn das Schreiben auf den Markt ausrichtet, weil der Verleger mehr Kaufmann als Kunstkenner ist, die eigenen Romane zu versimpeln, nur weil man die Leser als simpel betrachtet, ist eine Gleichung, die ich nie mitmachen würde.

Meine Gedichte, aber auch „Oleivo" habe ich nie im Hinblick auf die Intelligenz oder die fehlende Intelligenz von Lesern geschrieben, sondern so, wie ich musste, wie ich wollte, wie ich es für mich gut und entsprechend hielt. Mein Leben lang schrieb ich Buch um Buch, Büchlein um Büchlein, in sich stimmig, unabhängig von meinem „Ruf" oder „Nichtruf". Ein Martin Suter wird nach seinem Tod sehr schnell in die Versenkung fallen, bei Paul Gisi ist die Möglichkeit, dass sein Name nach dem Tod wächst, nicht ganz auszuschliessen (denke ich mutig oder einfach schelmisch vergnügt, ha!). Ich habe mir mein ganzes Leben lang nie eingebildet, von meinem Schreiben leben zu können – dafür war ich aber auch grenzenlos frei, so zu schreiben, wie ich wollte. Der Suhrkamp Verlag hätte, als ich 27-jährig war, einen Lyrikband von mir verlegt, sofern ich von den hundert Gedichten 50 gestrichen hätte und bei den bleibenden Gedichten manche Titel geändert und manche Adjektive gestrichen hätte. Da musste ich hohnlachen und zog alles zurück. Der Gisi brauchte und wollte keinen saisonalen Erfolg; jetzt steht mein Lebenswerk so ziemlich fest umrissen da, was will ich mehr? Noch kein Lektor durfte bei mir rumkorrigieren, das habe ich nie akzeptiert.

178

Ich lese mit Vorliebe ältere Literatur, denn dort gilt – und das hat Andreotti sehr treffend platziert: „Hic tua res agitur", „Hier wir *deine* Sache verhandelt", eines der wichtigsten Wertungskriterien für Literatur seit dem Barock. Die moderne Literatur, und das fühlte ich schon seit langem, geht mich eigentlich nichts an. Es gibt die ganz gute Literatur, fernab von jedem Markt, auch heute noch, nur ist es schwer, sie zu finden – wie eine Perle im Heuhaufen. (Ulla Hahn ist eine sehr gute Schriftstellerin und Lyrikerin, doch sie streift die Banalität zu oft.)

Für einen Ludwig Weibel und für einen Paul Gisi war Andreottis Vortrag wohl gewiss interessant, zutiefst aber auch überflüssig (für 15 Franken Eintrittsgeld hätte ich mir fast einen Lyrikband kaufen können, was doch ergiebiger gewesen wäre.)

Es ist halt schon so, dass das ganze Literaturgeschäft ein Zirkusrummelplatz für den Markt und die Masse geworden ist, da ändert auch ein virtuoser Vortrag von Andreotti nichts. Bei Gottfried Keller, bei Robert Walser, bei Eduard Mörike (bei seinem Künstlerroman „Maler Nolten"), bei Jens Peter Jacobsen (besonders bei „Niels Lyhne") usw. – hundert Jahre alte Bücher und noch älter: da wird deine eigene Sache verhandelt – mit allen Geheimnissen, die bestehen bleiben dürfen.

Ich habe für den „Oleivo", ich freue mich riesig, wenn ich endlich ein Exemplar für mich habe, wiederum Flyers gemacht, ich lege ihn Dir hier bei.

Beim eigenen Schreiben habe ich nie gedacht, ich mache Literatur, sondern ich schrieb einfach meine Liebesgedichte, meine Aphorismen, meine Fantasien, meine Briefe, meine Künstlerpassagen, das war mir genug. Es gilt, subjektive Kosmogonien zu schaffen, 24 Karat sich selbst zu sein, dann kann mein Einzelschicksal auch für einen grössern Kreis nachvollziehbar sein. Wer zum vorneherein für einen grössern (Markt-)Kreis schreiben will, ruiniert sich sehr bald selbst, zerfällt in die Bedeutungslosigkeit. Auf der Rückseite meines „Knurrhahns" steht oben: „Allgemeine Wahrheiten sind Täuschung, es zählt nur das Individuelle: deine Verwirrtheit, dein Lächeln, deine Zuneigung." Ich darf sagen, das trifft der Kern der Sache, die ich mein ganzes Leben lang sagen wollte. Ich verhandle nur eigene Sachen, nachzuvollziehen noch lange für viele, ja?

So, nun habe ich wiederum arg rikonozottelt und geraubaukelt, gisisch rabuzzinzelt. Hélas! Dich, Ludwig, als älterer und reiferer Bruder an meiner Seite zu wissen, ist ein bereicherndes Fest. Du gehst Deinen Weg, der mir schon so vieles aufgezeigt und geholfen hat, ich labyrinthle mich durch meine Tage und Nächte, und dass Dir daraus einige Werke gefallen, ist für mich wunderbar, ein grosses Geschenk.

In den Blutbahnen
rast ein Gott
rast T o d

Rettung
gibt es nicht

                    *

Aus der Höhle
schreie ich
zu dir –
du hörst mich
nicht

            pg

180

16.3.16

Ludwig, ich danke Dir für alles!

Ich schrieb in den letzten paar Nächten ein paar Aphorismen; ein nächstes Büchlein mit Aphorismen und Fantasien (à la Brosmete), es würde mich freuen, doch bei meiner nunzumal langsamen Schreibweise dauert es sicher noch ein Jahr (oder mehr), bis ich ein Bändchen in diesem Sinn zusammen habe. Gedichte hätte ich für ein neues Büchlein („Lichthin in deinen schwarzen Pupillen"), fast zweihundert Gedichte, doch ich weiss noch nicht, ob ich diese für Books on Demand machen möchte. Ich denke mir, zuerst sollte auf meine Liebesgedichte „Auf deinen Fingerbeeren tanzt das Weltall" noch etwas gehen – „gehen": in welchem Sinn? Ich weiss es nicht.

Dass Du in relativ kurzer Zeit derart viele eigene Bücher gemacht hast, ist echt bewundernswert, das macht Dir niemand nach! Und Du machst ja keine Literatur an sich, auch in Deiner Lyrik nicht, sondern schaffst aus dem Sein für das Sein – „Seinsgestimmtheit / in der Lichtkraft / des Erkennens" – (Weibel, „Wohlklang singender Schalmeien", Seite 155), und da bekommen Deine Bücher eine besondere „Note" für die Menschheit, ich verneige mich tief vor Deinem Bemühen. Du appellierst an das Gute im Menschen, das vielleicht auch erst in der Zukunft zu finden ist.

Da ist ein „Oleivo" unbekümmerter, doch dass Du ihn trotzdem magst, erfüllt mich mit grosser Freude.

Ich wäre mit Dankbarkeit erfüllt, wüsste ich, dass unsere Zeit Deine Bücher anerkennen, würdigen würde, doch ich kenne ja auch Deinen langen Atem, weiss, dass Du wohl grössere Dimensionen als die Zeitaktualität (auf die ich auch nichts halte) intus hast.

Du bist im Grunde ein Geisteswissenschaftler, ein Mystiker, ein liebenswerter Prophet, ein in zarten Banden eingefügter Ekstatiker, nüchtern seinstrunken, eine singuläre Erscheinung; ein Mensch wie Du ist weltweit einmalig. Deine Philosophie ist wahre Poesie, Deine Poesie ist wahre Philosophie. Der Weibel hat einen Seinskosmos aufgestellt, wie es ihn zuvor noch niemals gab. Deine Bücher haben Ewigkeitswert – von welchen andern Büchern könnte man so reden?

Du wirst später einmal wie ein Gestirn funkeln, darauf darf sich die Menschheit freuen. Ich zähle heute schon Deine Bücher zum Weltkulturerbe (so wie Beethovens Manuskript der neunten Sinfonie).

Ich war gestern nach Andreottis Vortrag bereits um zehn Uhr zuhause, ich fühlte mich wiederum wohl in meiner warmen Muschel, lesend, Wein trinkend, Pfeife rauchend, Belcanto hörend. Marcel wollte mich noch zu einem Film einladen, doch ich habe abgesagt, ich wollte Robert Walser lesen. Ich schrieb: „Einer der seltsamsten – und schönsten – Romane, die ich gelesen habe, ist ‚Jakob von Gunten' von Robert Walser." Ich schrieb auch den Aphorismus: „Gemeinsamkeiten sind Täuschung." Du siehst, Ludwig, ich irrlichtere hin und her …

Nun hoffe ich, „Oleivo" kommt bald. Ich wünsche Dir eine gute Zeit, herzlich grüsst Dein alter Paul

18.3.16

Lieber Ludwig

Heute Nacht habe ich „Oleivo der Maler. Passagen aus einem Künstlerleben" integral gelesen, als wäre er nicht von mir, als stammte er aus andern Zeiten …, und ich darf sagen, er begeisterte mich! Ich bin sehr selbstkritisch mit mir, doch hier beim „Oleivo" finde ich, dass das ein bestes Stück Dichtung ist, voller Fantasie in einer adäquaten Sprache, die einmalig konzis und gleichzeitig mäandernd ist.

Und dieses wunderbare-verwunderliche Büchlein darf ein Pendelbild von Dir haben, das ist der Höhepunkt des Schönen!: Ich habe nur einen Fehler festgestellt, einmal steht „des" anstatt „das", doch das korrigiert jeder Leser gewiss automatisch selbst …

Ich habe nun drei Bücher mit Deinen Pendelbildern auf dem Cover – „Nächte des Knurrhahns", „Auf deinen Fingerbeeren tanzt das Weltall", „Oleivo der Maler" –, das ist für mich ein Fest; ich finde Deine Bilder genial! Es sind drei Bücher, die noch über meinen Tod hinaus wachsen können, so denke ich vertrauensvoll. In der ganzen Vielfältigkeit meines späten Lebens zeigen sie eine Einheit, die mir lieb ist. Das durfte ich sagen, ja?
    Irgendwie ist „Oleivo" den Hunderten von Prosastückelchen von Robert Walser nahe.
    Inzwischen konnte Marcel die PC-Blockade aufheben und der Anfang des Briefes, den ich hier schicke, konnte gerettet werden; anderthalb Seiten, die ich nicht zwischengespeichert habe, sind nicht mehr zu finden …

Lustig zu sagen: Letzten Mittwoch habe ich bei Swiss Lotto für zehn Franken gespielt und gewann 134 Franken. Auch ein solch kleiner Gewinn macht Spass.

Alors, lieber Ludwig, so maile ich Dir halt diesen kurzen Brief – besser als nichts, ja?

Ich wünsche Dir ein frohes Wochenende, herzlich grüsst Dein Paul

In dottergelben Kelchblättern
ruht sich
die Sonne aus –
wir umarmen uns

     pg

Gehirnrunzeln im elastischen Training

Ich hasse die Verlogenheit der Politik und der Kirche.

Wahrheit ist vielfach beschämend, meist aber bloss lächerlich.

Nur die Rasereien des Intellekts, des Gefühls sind es wert, erlebt zu werden.

Das Professorale ist ein stinkender Tümpel.

Die Schweizer Gegenwartsliteratur ist deppert.

Die sanktgalloiden Kritiker sind lächerliche Stümper.

Wissen sind Volten der Selbstbespiegelung – völlig bedeutungslos.

Immer und immer wieder: nur die Verwandlungen zählen.

Dass Künstler von Kritikern (von Schwachköpfen also) abhängig sind, bringt mich zum Lachen.

Ohne Religionen wäre die Welt weniger grausam.

Mir sind genormte Menschen ein Gräuel.

Vorgegebene Verhaltensmuster sind Schrott.

Konventionen sind Tölpeleien.

Kritiker haben den Reiz einer Tischbombe, mehr gewiss nicht.

Ehrgeiz ist – wie Ruhm – skrofulös.

Ein Glas Rotwein ersetzt mir jede Religion.

Ich hohnlache über das Parteiengezänk der politischen Kretins.

Ich lege mich nicht fest, ich bleibe veränderbar.

Das Beste in mir sind die Ingredienzen des Wahnsinns.

Wenn alle Stricke zerreissen, muss ich lachen.

Für mich ist der ganze Planet Erde I n l a n d.

Die Politiker sind die plattesten, dümmsten, gefährlichsten Menschen.

Ich bevorzuge Leidenschaften gegenüber Abgeklärtheiten.

In der Schönheit eines menschlichen Körpers ruht das Weltall aus.

Logik hat die Qualität eines auf dem Mist krähenden Hahns.

Wir sind alle einsam, besonders in Beziehungen.

Wie ernst ist diese Komödie!

Ich bin dankbar, dass ich immer noch verliebt ins Leben bin.

Wie schön ist es,
überflüssig zu sein

Ich geniesse es, unter Milliarden Menschen überflüssig zu sein, mich sucht kaum ein Mensch, ich suche kaum einen Menschen, es ist wunderbar, einfach zu leben. Ich muss keine Partei aufpolieren oder demontieren. Ich muss fürs Bruttoinlandprodukt nicht aktiv werden, ich muss für kein Verteidigungsdispositiv mich in die Bresche schlagen. Ich lebe drauflos, schreibe still meine stillen Gedichte, und ob die jemand liest oder nicht, ist nicht mein Problem. Wenn ich mag, trällere ich ein Liedchen in die Märzsonne hinein, pfeife vergnügt in die Nacht hinein. Morgens kann ich mich aufs Velo schwingen und vergnügt in den Mittag hinein radeln und in einem Landgasthof einen Wurstkäsesalat mampfen bei einem prickelnden Süssmost. Nachmittags kann ich die Sandalen in eine Ecke schmeissen, mich in den Drehfauteuil pfläzen und zum Vergnügen etwas Philosophie lesen, zum Beispiel „Ursprung und Gegenwart" von Jean Gebser, um meine Gehirnrunzeln etwas in elastischem Training zu behalten. Wenn es Abend wird, zünde ich mir eine Kerze an, höre zum Beispiel Gioacchino Rossinis Melodramma Semiserio in due atti „Torvaldo e Dorliska", zünde mir eine Pfeife an und trinke ein Rotweinchen, strecke meine Beine aus und überlege mir dies und das, ohne mir beim Nachdenken Mühe zu machen. Ich muss schliesslich nichts Vernünftiges machen, ich kann es mir leisten, mich selig überflüssig zu fühlen. Ich will nun nicht zu tiefsinnig werden, doch wenn ich die Welt betrachte mit all ihrer Vernunft, wird es mir angst und bang, aus lauter Erfolghabenmüssen rast die Welt in den Abgrund. Derweilen ist die Erfolglosigkeit eine tolle Sache, über die man herzhaft lachen kann. Ich lache gern über mich, das ist etwas Befreiendes. Ich bin in meiner überqualmten Stube schon recht alt geworden. Überlegungen, was gesund sei und was nicht, überlasse ich vergnügt den Vernünftigen, sie werden auch nicht älter. Überhaupt ist das Argument der Vernunft ein Mumpitz für bigotte Tanten und angeschlagene Onkels, mir ist das einerlei.

Es ist wunderbar, sich überflüssig zu fühlen, das schafft Lebensraum und Freiheit.
Paul Gisi

20.3.16

Lieber Ludwig

Ich lese Robert Walsers Gesamtwerk ja nochmals, jetzt bin ich bereits am zehnten Band. Ich habe letzthin auch viel Gottfried Keller gelesen, teils neu, teils als Wiederbegegnung, und ich bin fasziniert von ihm. In meinen Augen sind Gottfried Keller und Robert Walser die zwei grössten Schweizer Schriftsteller (ich rede bewusst nicht von Jeremias Gotthelf, denn er bleibt für mich trotz profunder realistischer Darstellungskunst und Psychologie dennoch etwas einseitig in den „Dorfgeschichten" verankert). Heute beginne ich als Zwischendurchabwechslung das Gesamtwerk von Jens Peter Jacobsen nochmals zu lesen, es liegt Jahrzehnte zurück, als ihn kennen lernte. Ich beginne mit seinem Roman „Frau Marie Grubbe. Interieurs aus dem siebzehnten Jahrhundert". Ich bin schon ganz kribblig aus Vorfreude …

Auch bei Jacobsen (1847 – 1885) gilt, obwohl seine Bücher über hundert Jahre vergangen sind: „Hic tua res agitur", „Hier wird *deine* Sache verhandelt"; es sind feinsinnige, empfindsame Bücher (zwei Romane, sieben Novellen und Gedichte), atmosphärisch dicht zwischen Traum und Wirklichkeit: grosse Dichtkunst! Das freut meine ganze Existenz, was bei modernen Büchern selten der Fall ist. Jacobsen ist der letzte grosse Realist der Romantik (um es wagemutig spannungsreich derart zu sagen).

Bei Deinem Beurteilen war schon die erste Auflage des Oleivo perfekt, wenn ich da Unruhe geschaffen habe, bitte ich um Entschuldigung. Ich habe ihn einfach sehr bald im Internet entdeckt, mit viel Weiss auf dem Cover, und wo man Name, Titelei und Untertitel kaum bis gar nicht lesen konnte. Doch jetzt ist ja so oder so alles bestens, sehr schön, richtig wie geplant. Alors, bitte nichts für ungut. Ich freue mich, ein drittes sehr schönes Buch bei Books on Demand zu haben. Ich habe inzwischen fünfzehn Exemplare bestellt, was für meinen Versand noch nicht ganz reichen wird. Du hast mir drei Exemplare geschickt, alors, das gibt zusammen achtzehn Exemplare; ich brauche wohl noch etwa fünf Exemplare mehr.

In einem weiteren Schritt versuche ich meine Liebesgedichte und die Passagen, die beide in diesem Jahr erschienen sind, noch an zwei, drei Literaturzeitschriften zu senden, doch ich muss diese zuerst auskundschaften.

Du nanntest Andreotti mit Recht einen „eisklugen" Kopf, doch mehr??? Nun, er hat schon Herz, bleibt aber ein Technokrat, so denke ich. So geht sein nächster Vortrag, wie er mir mitteilte, in der Schwabenakademie Irsee auch über literarische Techniken, voilà, symptomatisch das. Mit Ansichten über Techniken sich einem grossen Kunstwerk zu nähern, ist fast schon etwas tölpelhaft, was auf „Experten" meist ungeschminkt zutrifft. Bei aller blendenden Rhetorik von Andreotti habe ich mir keinen Sand in die Augen streuen lassen.

Du weisst es: zutiefst in mir habe ich eine Abneigung gegen „Literaturpäpste", Literaturkritiker, Germanisten und Lektoren, im „Knurrhahn" finden sich dazu auch Spurenelemente (ich nannte sie einmal Hämorrhoiden der Gesellschaft). Überhaupt, der ganze eitle Literaturbetrieb ist mir wesensfremd. Vor Jahrzehnten habe ich auch nächtelang über Literaturansichten diskutiert, das ist radikal vorbei. Ich habe meine Werke geschaffen, unabhängig von allen Kapriolen der Zeitströmung. Ich habe immer bloss mich selbst „verhandelt", vielleicht sieht man das in fünfzig Jahren.

Albert Rutz schrieb mir einmal, ich solle nur Geduld haben, hundert Jahre nach meinem Tod kommt eine Sonderbriefmarke von mir heraus – da musste ich sehr lachen. Wie es auch sei, diese Geduld habe ich … Ich hoffe schon, dass meine Werke wachsen mögen über meinen Tod hinaus. Wenn das so ist, werde ich auf einer Wolke ein Harfenkonzert anstimmen. Hurra!

Nun schaue ich mit Marcel einen Film, den er extra für mich heruntergeladen hat. Ich bin gespannt. Er ist wirklich eine gute Seele.

Lieber Ludwig, ich grüsse Dich herzlich, wünsche Dir eine gute Nacht und einen ganz schönen Sonntag, Dein Paul

24.3.16

Lieber Ludwig

Nachdem ich von Jens Peter Jacobsen ausser dem „Niels Lyhne" alles nochmals gelesen habe – seinen Roman

„Frau Marie Grubbe", sämtliche Novellen und seine impressionistischen Gedichte, nähere ich mich lesenderweise nochmals diesem „Niels Lyhne" und schon nach ein paar Seiten schäumen mich diese Sprache, diese Helligkeiten und Dunkelheiten sehr auf, es ist wirklich ein wunderbares Buch, das mich auch in meinem Alter reich beschenkt. Dass es das Lieblingsbuch von Rilke war, begreife ich.

Übrigens kennst Du, Ludwig, Rilkes Roman „Aufzeichnungen des Malte Laurids Brigge"? Der „Malte" ist noch eine „Klasse" höher als der „Lyhne". Doch ich weiss ja, Du füllst Deine Zeit wohl mit anderer Lektüre aus, mit „bewusstseinserhöhenden", was auch bezaubernd, verzaubernd gut ist.

Ich nannte mich noch nie Literat, das ist so etwas Oberflächliches, Betriebsames, mir völlig wesensfremd. Ich nenne mich einfach konkret Lyriker und Schriftsteller, und das lässt die Bandbreite offen von „existenziell", für sich vor sich hinschreibend; gewiss, nur für die Schublade habe ich nie schreiben wollen und nie geschrieben, ich wollte immer in Kontakt, in Interferenzen, im Kommunikation mit andern Menschen treten, deshalb habe ich auch so unermüdlich viel publiziert und unzählbar viele Briefe geschrieben. Herausgestrichen habe ich mich nie, ich fand es einfach schön, wenn ein Mensch in ein paar kurzen Sätzen auf mein Werk eingegangen ist. Gewöhnlich hört man nur, „es hat mir gefallen", nun, auch diese undifferenzierte pauschale Äusserung hat mir gefallen ..., so einfach ist das. Ich gierte nie nach einem Lob, im Gegenteil, ein Lob hat mich stets misstrauisch gestimmt. Und gegen negative Kritik, die ich auch bekam (einmal in der Zeitung einen völligen Verriss von Prof. Dr. Stern, einem Literaturwissenschaftler von der Universität Basel), musste ich immer hohnlachen, derart war und bin ich eben. Ich weiss nicht, ob es „konstruktive" Kritik gibt, diese sind immer mit Ratschlägen verbunden, was ich völlig ablehne, mich noch niemals darum scherte.

Ich schreibe, wie ich schreibe. Verleger mit ihren Lektoren sind da ganz anders. Da wird schulmeisterlich rumgefuchtelt, ich lache darüber. Wenn ein Maler in einer Galerie ausstellen kann, sagt man ihm auch nicht, dass er dort das Hellrot in ein Dunkelrot, das Blau in ein Grün verändern müsse, die gerade Linie krumm sein müsse etc.

In der Literatur geistert immer noch umher, dass es wichtig sei, was „ZWISCHEN" den Zeilen sei, sei wichtig, dass ist Dummheit. Zwischen den Zeilen gibt es nichts, was nicht ausgedrückt worden wäre. In einer Gemäldegalerie gibt es auch nichts zwischen den Bildern, sondern nur die Bilder stehen für sich ein. Ein Text muss voll und ganz für sich selbst einstehen, im Textfreiraum, zwischen den Zeilen gibt es nichts. Die Deutungsoffenheit muss formuliert, ausgedrückt sein. Da hat auch Andreotti Unsinn verzapft.

Nun, Andreotti wollte an der Universität St. Gallen den Lehrstuhl für Literatur, er hat ihn nicht bekommen – er ist nicht einmal ein kleiner Emil Staiger, obwohl er dessen Schüler war. Andreotti ist ein vielbelesener Technokrat, zur internationalen Reputierlichkeit und Respektierlichkeit fehlt ihm das Format.

Den letzten Aphorismus, den ich heute notierte, heisst; „Liebe ruiniert das Leben". Ich weiss, das ist nicht idealistisch gedacht, doch wenn ich um mich schaue, auch in der Literatur, ist es so. Niels Lyhne – Bartholine: ruinierte Liebesbeziehung nach einem Jahr der Hochzeit. Es gibt zwischen Mann und Frau kaum eine Liebe, die die Jahre überdauert; – in einer Freundschaft schon. Das tönt erschreckend, es ist aber so. Entgegen allen Mehrheitsmeinungen sage ich, Mann und Frau passen nicht zusammen. Es gibt keine Liebe zwischen Mann und Frau, es gibt nur Konventionen, Täuschungen, befristete Vorübergebenheiten. Frauen sind mono-sexuell, Männer können naturgemäss nicht „treu" sein.

Da fehlt mir gewiss „das höhere Bewusstsein", denkst Du nun eventuell. Nun, ich strebe auch nach dem höhern Bewusstsein, doch ich kann deswegen unmöglich die Natur des Menschen ignorieren. Und die Natur des Menschen ist nun mal gehupft wie gesprungen. Ich weiss, alle Deine Bücher wenden sich dagegen, was ein Wunder zu nennen ist. Du beziehst ein, wie wir sind, und brennst wortgewaltig aufs Höhere zu. Das ist einmalig. Ich lasse mich gern von Dir beeinflussen. Deine Bücher rühren an das Beste in mir, durfte ich das sagen? (Ein Niels Lyhne rührt nicht an das Beste in mir, er ist zu verkommen.) Niels Lyhne ist ein Atheist, dass Du dieses Buch so magst, verwundert mich. Nun, Deine Geliebte Karin hat dieses Buch mit Anmerkungen versehen gelesen, deshalb wühlt es Dich auch auf, ja? Je mehr ich Niels Lyhne lese, um so mehr denke ich, der liegt doch nicht auf Deinem Weg. Pardon, dass ich so denke, doch ich rede, sage immer alles sehr offen.

Andreotti hat sehr oft Kafka genannt, da gehe ich mit ihm einig, Kafka ist einer der Grössten.

Heute kaufte ich von Arthur Schopenhauer „Pandectae. Philosophische Notizen aus dem Nachlass", herausgegeben von Dr. Ernst Ziegler. Ich freue mich auf die häppchenweise Lektüre dieses Brockens. Wenn ich bei Schopenhauer „Zur Erbärmlichkeit des Laufs der Welt" lese: „Die Welt ist ästhetisch betrachtet, ein Karrikaturenkabinet, – intellektuell, ein Narrenhaus, – und moralisch eine Gaunerherberge, en gros et en détail", dann fühle

195

ich mich in meinem Gedankenwirrwarr bestätigt. Oder dass sich seine Zeitgenossen wie wucherndes Unkraut vermehren … Usw. Ein Geheimnis ist für mich, dass sich ein Ludwig Weibel derart intensiv mit Schopenhauer beschäftigt, seid ihr zwei doch völlig konträr in allen Aussageweisen.

„Senilia" würde mich auch zu lesen reizen. Doch diese Schopenhauerschen Nachlassbände sind beim C. H. Beck Verlag teuer; „Pandectae" (zu übersetzen mit „Allumfassendes") kostete 58 Franken.

So, nun habe ich aber wieder clavizimbelt, spinettlet und gepaukt, hoffentlich bekamst Du kein Ohrensausen von diesem Brief.

Lieber Ludwig, ich wünsche Dir besinnliche, ruhige, ganz schöne Feiertage (zuerst habe ich mich verschrieben und tippte „Feuertage") –

grüssestens Dein Paul

24.3.16

Lieber Ludwig

Marcel Proust, das Romangenie, hat Arthur Schopenhauer sehr geschätzt. Der grosse französische Schriftsteller Guy de Maupassant schrieb über Schopenhauer: „Schopenhauer hat die Menschheit mit dem Kainsmal seiner Verachtung gezeichnet…, er hat das Ungeheuerlichste an Skeptizismus vollendet, das jemals unternommen worden ist. Er hat mit seinem Hohn alles durchpflügt und alles ausgehöhlt."

Ich frage mich, Ludwig, warum liest Du nicht Pierre Teilhard de Chardin, den ich sehr liebe, sondern den „Göttervater" des Pessimismus, Schopenhauer. Das entspricht Dir doch nicht.

Nebst „Pandectae" lese ich in den vier Bänden „Parerga und Paralipomena", übersetzt etwa so: Schriftensammlung und Ergänzungen zum Werk. Mon Dieu, was für ein Fest, das zu lesen, auch wenn es chrotte schwer ist.

Vielleicht schreibst Du mir einmal ein Wort zu „Senilia", das Du ja hast. Ich glaube, ich möchte diese „Altersweisheiten" auch lesen. (Doch ich scheue die Kosten.)

Albert Rutz hat mir ein fingiertes Interview zu meinem fünfzigsten Geburtstag geschrieben, er stellte Fragen und antwortete in meinem Namen, alles war so köstlich, und ich gebe gerne zu, seine Antworten waren besser, als ich sie hätte geben können, ein herrliches Kabinettstück an Amüsement. Ein solches Interview als Nachwort von Oleivo wäre ein Fest gewesen. Doch auf „Abruf" läuft bei Albert nichts. Schade.

So, lieber Ludwig, dies hier nur als Postscriptum.

Ich wünsche Dir nur Gutes, Dein Paul

25.3.16

Lieber Ludwig

Heute nur ein paar Zeilen! Dein langer guter Brief hat mich sehr gefreut, glücklich gemacht. Dass Du Jacobsen und Schopenhauer nicht wegen der Geisteshaltung liest,

sondern wegen der Originalität des sprachlichen Aus-
drucks, verstehe ich vollends, das hast Du gut gesagt.
Kurt Tucholsky schrieb zu Schopenhauer: „Was an dem
System wahr ist, ob es wahr ist oder nicht …, das kann
ich nicht beurteilen. Aber es fällt eine solche Fülle von
klugen und genialen Bemerkungen dabei ab, fast alle
klassisch zu Ende formuliert, niemals langweilig, immer
von oben, das Ganze durchblutet von einem so starken
Temperament …" Da geht es Dir wie Tucholsky und
wohl noch vielen andern grossen Geistern.

Du schreibst so unendlich gut, zum Beispiel: „'Bewusst-
seinserhöhend' ist ja alles, was wir mit wachen, imagi-
nierenden Sinnen aufnehmen." Vor Deiner so klar formulierten Zutreffendheit jubelte ich: ja, das ist's! Du bist
in meinen Augen ein Genie, einer der wunderbarsten,
gütigsten Menschen der Welt. Deine Grösse, Weite,
Tiefe sind einmalig.

Was Du über den „tiefgekühlten" Andreotti sagst, ist
verblüffend treffend, so originell, original gesagt, ich
kam aus dem Staunen nicht mehr heraus – Du siehst auch
da noch das Gute bei einem solchen Menschen, „da hat
eben jeder seine besondere Aufgabe, die er so gut er
kann zu erfüllen trachtet", ergänzt Du so wohlmeinend
überaus treffend. Deine Briefe sind für mich echte, gute
Belehrung, die mir wohl tun, mich verändern …

Schopenhauers dritter Band aus dem Nachlass, „Pandectae" („Allumfassendes") ist für mich eine Wonne, in
kleinen Häppchen zu lesen; für mich sind Inhalt und
Sprache faszinierend. Den Impuls, wiederum Schopenhauer zu lesen, habe ich Dir zu verdanken; was Du über
Ernst Ziegler sagtest, hat mich fasziniert.

Heute am Karfreitag bin ich meditativ gestimmt. Das
Gute – Christus – wurde von der Menschheit ermordet,

doch das Gute wird siegen und auferstehen. Mich erschüttert dieses Drama – das auf geheimnisvolle unerwartete Weise eine gute Lösung findet, hin zum Leben. Karfreitag und Ostern sind etwas vom Traurigsten und Schönsten, was die Menschheit an Religion hat. Nichts hat die Welt derart verändert, auch wenn es scheint, es sei nicht so. Ich glaube an das Wunder der Auferstehung von den Toten, hin zum Himmel. Auch wenn unsere Wege labyrinthisch und verkrautet, umdornt sind, der Himmel wölbt sich in uns über uns. Wenn ich sakrale Musik höre, erzittere ich vor Freude, leben zu dürfen, Gott spüren zu dürfen. Gewisse Musik kommt von Gott und führt zu Gott: Mozart, Bach, Schubert, Hummel, Brahms, Bruckner, Beethoven, Haydn.

Was Du über das „Sternbild der Zwillinge" zu sagen hast, würde mich interessieren, ich kenne Deine charmante, tiefsinnige Art, sich einem Thema zu nähern. Hoffentlich habt ihr morgen Ostersamstag ein ungetrübtes schönes Geburtstagsfest.

Alors, so weit meine paar Briefzeilen heute. Ludwig, ich bin Dir so dankbar für ALLES.

Herzlich grüsst Dein Paul

26.3.16

Lieber Ludwig

Nun habe ich (in der Karfreitagnacht) Jacobsens „Niels Lyhne" zu Ende gelesen, ich bin noch ganz aufgewühlt; es ist ein Roman mit viel Liebe – Liebesverrat, Liebeszerstörung, Vernichtung durch Liebe, Liebesblasphemie

– auch Liebeserfüllung, zeitlich befristet, weil Abnützung und Zersetzung vor der Tür stehen, ein entsetzliches, ein gutes, schönes Buch, auch die Sprache ist ungeheuer dicht, mit Naturbeschreibungen, die ihresgleichen suchen, es ist ein geniales Buch. Man kann mit der Geisteshaltung nicht überall einig gehen, doch das tut der erregenden Lektüre keinen Abbruch.

Es gibt wohl kaum ein modernes Buch mit dieser Dichte und Breite. Heute ist alles problemfreier schmalbrüstig. Welche Leidenschaft im „Niels Lyhne"! Bei der Lektüre wurde ich oft erschauert. Die Spannweite reichte vom Primitiven (wie im Roman „Frau Marie Grubbe") bis zum Himmel, wo findet sich das sonst noch? Nur schade, dass dieses Genie Jacobsen so früh starb, 38-jährig. Was hätte er sonst noch geschrieben? Das kann man bei allen Frühverstorbenen fragen: Georg Trakl starb 27-jährig, Wolfgang Borchert 26-jährig.

Nun gibt es bald acht Milliarden Menschen, eine Milliarde hungert, viele Millionen leben in entsetzlicher Armut, auf der Flucht oder im Krieg, was hat sich dieser Planet Erde, der in totaler Einsamkeit durchs Weltall prescht, evolutiv ausgedacht? Ich mag die Antworten der beamteten, gut besoldeten Pfaffen nicht, deren Gefasel und Geschwafel. Leben ist nur ein Luxus von Wenigen. Es ist zum Weinen.

Heute Karsamstagnacht beginne ich mit der Zweitlesung des „Maler Nolten" von Eduard Mörike – ich liebe Mörike sehr, seine Gedichte! Dazu höre ich die „Missa in honorem sanctae Ursulae" von Michael Haydn, die „Messe Solenelle de Sainte Cécile" von Charles Gounod, die Messe op. 80 von Johann Nepomuk Hummel und die „Nelson-Messe" von Joseph Haydn: mein

Herz ist so offen für sakrale Musik. Und von den sämtlichen Messen von Mozart, die ich habe, wähle ich mir auch noch eine aus.

Heute las ich Schopenhauer, in „Pandectae" und „Parerga und Paralipomena"; Schopenhauer ist ein Riesengebirge und ich habe Mühe, es zu erklimmen, doch es ist eine unvergleichbar herrliche Welt. Wenn der Aufstieg zu Schopenhauers Höhenpanorama mir zu beschwerlich wurde, las ich ein paar Prosastückelchen von Robert Walser …

Heute Frühnachmittag kaufte ich ein paar gute Sächelchen zum Essen, bei der Lektüre zwischendurch etwas Gutes zu picknicken, ist toll. Ich lege im Grunde mehr Wert auf geistige, seelische Genüsse, Musik und Lektüre, doch das Lukullische darf auch sein. Evtl. schaue ich mit Marcel noch einen spannenden Film, was ich am Samstagabend oft mache.

Mein Leben ist im kleinen Rahmen so sehr ausgefüllt, da bin ich dankbar. Langeweile kenne ich nicht, es gibt noch so vieles zu lesen, zu hören.

Vielleicht darf ich mit Dir, durch Dich bei Books on Demand nochmals einen Lyrikband machen, „Lichthin in deinen schwarzen Pupillen", ich denke an den Herbst oder Winter, Erscheinungsdatum 2017. Jetzt möchte ich zuerst noch meinen „Oleivo" und die „Fingerbeeren" etwas auf den Weg schicken (Wege, die ich erst noch erforschen muss). Dem „Knurrhahn" täten neue Wege auch gut …

27.3.16

Lieber Ludwig

in Schopenhauers „Pandectae" las ich diese philosophische Notiz und dachte an Dich: „"Die wahren *Erleuchter der Menschheit* theilen das Schicksal der Fixsterne: ihr Licht braucht viele Jahre, ehe es bis zum Gesichtskreis der Menschen herabkommt. Daher geht es ihnen auch meistens, wie den Heiligen, welche erst nach ihrem Tode kanonisiert werden." – Wiederum ein klassisch zugespitzter Edelstein an Wahrheit, der ganz in sich ruht und weit ausstrahlt.

Anstatt „Maler Nolten" nahm ich mir gestern Nacht Cesare Paveses Tagebuch 1935 – 1950, „Das Handwerk des Lebens", vor. Pavese war ein bedeutender italienischer Lyriker, Prosaist, Kritiker und Übersetzer; das Tagebuch ist zugleich Poetik und Autobiografie; im August 1974, also vor 42 Jahren, las ich es zum ersten Mal. (Pavese machte mit 42 Jahren Selbstmord.)

Für den „Maler Nolten" von Mörike war ich gestern zu unruhig, doch die Zweitlesung kommt schon noch!

Mein Geist ist unruhig, ich denke mir, ich würde gern die moderne paraguayische Literatur kennen lernen, doch das wird mir wohl nicht mehr vergönnt sein …

Hoffentlich kommen nächste Woche die bestellten „Oleivo"-Exemplare, Oleivo möchte in die Welt hinaus!

Ich zerfliesse ganz vor Schönheitsschauern bei all diesen herrlichen sakralen Werken, bei den Messen von Komponisten, die ich liebe. Mein Gott, wie künstlerisch kompositionsvollendet trunken gottnah!

Nun muschle ich mich in mein Tusculum ein, bei Dichtung, heiligen Messen, Wein und Pfeife und Kerzenschein: wie schön das Leben doch sein kann.

Ich wünsche Dir herzerfüllt einen wunderbaren, von Hoffnung eingefärbten Ostersonntagabend, Dein Paul

28.3.16

Lieber Ludwig

Das waren Ostern, die ich nie mehr vergessen werde. Briefe an Dich, Briefwechsel mit Albert Rutz, wo es fast zum Bruch kam, den ich aber umschifft habe, Schopenhauer, Robert Walser, Mörike (Gedichte), Cesare Pavese, mit Sonetten von Kurt Rüdiger – und vielen Messen von Klassikern und Romantikern, die mich aufwühlten, guten Gesprächen mit Marcel, meinem Freund; jetzt höre ich ergriffen Beethovens „Missa Solemnis". Ich machte auch zwei Spaziergänge am Bodenseeufer entlang, meditativ Gedanken nachhängend über das Christentum, über mich, über die Menschheit, über Vergangenheit, Gegenwart und Zukunft, allgemein und auf mich bezogen. Es waren sehr schöne, intensive Ostern.

Am Ostersonntag fand ich in meinem Paketkästchen ein Ostergeschenk meines Teilzeitarbeitgebers Brändle aus Mörschwil, was eine sehr feinsinnige schöne Geste ist.

Du hattest gewiss auch erfüllte Tage, lieber Ludwig, für Dich, am Geburtstagsfest im Kreis Deiner Familie. Ich hatte eigentlich ab meinem 23. Lebensjahr, als ich von Hause fortzog, keinen Familienbezug mehr, meine Eltern und eine meiner Schwestern sind gestorben (sie starb 49-jährig, sie war zwei Jahre älter als ich; mit ihr hatte ich eine sehr intensive Beziehung). Mit meiner noch lebenden Schwester habe ich eine gute Beziehung, wir telefonieren uns jährlich drei-, viermal lange, mehr nicht, ich habe sie jetzt über zehn Jahre nicht mehr gesehen (sie ist über 70 Jahre alt, sie wohnt in Steffisburg BE). Die Kinder meiner Schwesterkinder habe ich noch nie gesehen, sie mögen jetzt auch um die zwanzig Jahre alt sein (doch ich habe im Grunde genommen überhaupt keine Ahnung, wie alt sie sind …). Was bin ich doch für ein nichtexistenter prachtvoller Onkel … Mein Göttikind Gabi sah ich über zwanzig Jahre nicht mehr.

Doch ich muss sagen, es fehlt mir nichts, ich fand gute, nahe, liebesoffene Menschen auf meinem ganzen Lebensweg. Jetzt lebe ich (ausser mit Marcel) recht einsiedlerisch, mit Albert korrespondiere ich erst ein Jahr wieder, doch das Ganze ist etwas oberflächlich, nicht belastbar Tragfähiges (was mir auch egal ist). Die Beziehung zu Claudia ging in die Brüche, wir mailen uns im Abstand von zwei oder drei Monaten noch, teilen dies und das mit, doch es ist wenig.

Meine ganze Lebensenergie ging mehr und mehr in meine Bücher – und in ein paar spontane, zeitbegrenzte Lebens- und Liebesbeziehungen.

Meine finanzielle Ungesichertheit gibt mir zu schaffen, können wir bald einmal darüber offen korrespondieren?

Demnächst muss und werde ich etwa 20 Exemplare „Oleivo" verschicken, mit Begleitbriefen, das braucht Zeit und Energie, doch die setze ich gerne dafür ein.

Ich bin so dankbar, dass ich Dich kenne, dass ich Dir schreiben darf. Was würde ich ohne Dich machen? Unvorstellbar!

Jetzt höre ich noch zwei Messen von Schubert: mir kribbelt's vor Erschauerungslust.

Lieber Ludwig, ich wünsche Dir eine gute Woche, herzlich grüssestens Dein Paul

28.3.16

Lieber Ludwig

Albert Rutz schrieb mir, dass er sich zusehendst über meinen Ernst amüsiere, ich konterte, aber in Zukunft ohne meine Briefe. Er soll zum Teufel fahren. Ich habe keine Zeit, mit Menschen zu verkehren, die mich nicht ernst nehmen. So liess ich es doch zum Bruch kommen, ist mir egal, Paul

28.3.16

Lieber Ludwig,

Albert bat um Abbitte, entschuldigte sich, da schrieb ich ihm (siehe Anhang) folgenden Brief.
Naja. Herzlich Paul

Hallo Alberto

Ich nehme Deine Entschuldigung an. Alles in allem hat mich Deine spöttische Bemerkung verletzt; ich denke mir, dass mit zunehmendem Alter der Mensch verfeinert oder vergröbert wird, und bei Dir hatte ich schon dann und wann den Eindruck, dass Du Dich vergröbert hast; dass Dir nicht bewusst war, was Du sagtest (eben: dass

Du Dich mehr und mehr amüsierst über meinen Ernst), ist ein feiner Beweis dafür. Und wenn wir anfangen, den andern „negativ" zu „besprechen", hören wir mit unserm Briefwechsel lieber ganz auf. Ich nahm Dich ernst und gab Dir die emotionale Freiheit, ein Nachwort zu „Oleivo" zu schreiben oder NICHT, doch ich konnte es nicht ganz wegstreichen, dass Du einfach zu faul warst. Irgendwo in mir grummelt es, dass Du ein enormes Phlegma bist, eigentlich ein Faultier, ein Lemur, doch ich habe mich in dieser Richtung nie geäussert. Du hast Dich über meinen Ernst mokiert – nun, Du siehst, da sind wird schon zwei ganz verschiedene Menschen. – Heiterkeit, Fröhlichkeit kommt von innen, Spott ist eine blamable Sache – ich glaube, da bist Du mit Dir trotz Deines hohen Alters noch nicht einig geworden.

Der Auslöser war, dass Du nicht unterscheiden konntest zwischen „Konjugation" und „Deklination", von stark und schwach dekliniert nichts wusstest (und Du willst korrigieren?). Doch es ging natürlich tiefer, denn schon manchmal schäumte ich auf über Deine besserwisserischen Briefe. Also lass jeden Hochmut fahren, sonst schreibe mir bitte nicht mehr (ich würde Deine Briefe, ohne sie zu lesen, kübeln).

Ich werde Dir wiederum schreiben, wenn Du magst und erwarte weiterhin Briefe und Episteln von Dir, doch vielleicht verstehst Du, dass mir in allernächster Zeit etwas der Wind in den Segeln fehlt, Dir zu schreiben. Entweder Du nimmst mich, wie ich bin, ansonsten begraben wir unsre Kommunikation. Und gerade in einer guten zwischenmenschlichen Beziehung darf man nicht alles sagen, was auf der Zunge liegt. Das hat nichts mit Unehrlichkeit zu tun, sondern ist ein notwendiger Akt der Vernunft, des empfindsam „Auf-den-andern-Eingehens". Ich befürchte, das hat Dich das Leben noch nicht gelehrt.

Ich glaube nicht, dass ich „entwickelter" wie Du bin, dass ich mehr weiss, oh, überhaupt nicht, doch ich löste mich von allen falschen Menschen, und wenn mich jemand bespöttelt, so ist das für mich ein falscher Mensch. Ich fahre so, wie ich bin, als Zug mit meinen Waggons durch mein Leben, und wenn mich jemand nicht ernst nimmt, hänge ich diesen Wagen einfach ab und fahre weiter.

Doch Du hast Dich entschuldigt, alors, ich nehme die Entschuldigung an.

Mich freut, wenn Du Freude an meinen Werken hast, doch schon bei „Auf deinen Fingerbeeren tanzt das Weltall" merkte ich, dass für Dich Lyrik nur Bahnhof ist, doch ich habe positiver geredet. Ich bin nun mal halt durch und durch Lyriker, da ändert „Oleivo" auch nichts. Über meinen Prosaband „Nachtwucherungen" sagtest Du keinen Mucks, vermutlich hast Du dieses Werk nicht mal ganz gelesen. Du schreibst euphorisch von vielen Dichtern, doch ausser zu „Nächte des Knurrhahns" und „Oleivo der Maler" warst Du vornehm stumm. Warum das? Vermutlich weil Du zu eng bist, mich zu sehen, wie ich bin und schreibe – und einfach auch zu faul. Dies wollte ich Dir einmal ungeschminkt sagen.

Du bist sehr sprachgewandt, doch zum Korrigieren fehlt Dir das Basiswissen. Ich könnte Dich als Korrektor nicht empfehlen.

Wenn Du nun nach diesem Brief genug von mir hast, es erschütterte mich nicht. Ich sehe nun unser „Fighten" als beendet an

Ich meine es ernst, wenn ich Dich herzlich grüsse, Pablo

Lieber Ludwig

Mit dem scheuen, zögerlichen Nahen des Frühlings ist
eine grosse Sehnsucht in mir nach dem GEIST aufge-
wacht. Da wäre die allzuintensive Schopenhauer-Lek-
türe nur hinderlich gewesen, denn in seinem pessimisti-
schen Grössenwahn kam mir Schopenhauer mehr und
mehr wie ein Gespenst in einer Geisterbahn vor, da halte
ich mich lieber an Seng-ts'an, Sengai, Bi-Yän-Lu, Laotse, Franz von Assisi. Und ich darf sagen, dass Beschei-
denheit – mit aller existenziellen Unabhängigkeit im Tun
und Urteilen – immer in meinem Leben wesensmitbe-
stimmend war, ist und bleiben wird; ich möchte die Demut vor Schwester Ameise und Bruder Esel und Mutter
Sonne und Vater Universum sorgsam in mir wachsen
und reifen lassen. Bei Schopenhauer spürte ich mein Un-
glück grosswerden, ich möchte lieber das Glück verspü-
ren bei einer Knospe, bei Mozart, bei einer Kerze, bei
einem Koan. Und auch immer wieder eintauchen in den
„Wohlklang singender Schalmeien" von Ludwig Weibel, das ist doch besser, schöner und gefühlsoffener als
all die dummen „Zumauerungen" Schopenhauers. Vielleicht finde ich mein Ebenbild im Gesicht des Winds, im
Erhaschen der lebenswärmenden Sonnenstrahlen.

Ich warf einen Stein in die Luft – ich staune über die
Welt unter mir.

Gut, dass sich Antworten mit Fragen überlagern.

Du tanzt in mir.

Vielleicht habe ich eine gute Contenance in mir erreicht,
doch ich weiss auch, ich bin kein Heiliger, kein Weiser,
ich bin nur ein kleiner Strudelwurm, und wenn mir der

wirtschaftliche (finanzielle) Boden fehlt, krache ich zusammen. Derart schwach bin ich halt. Diese Drohung hängt zurzeit nah über mir. Ich bin nicht mehr lange zahlungsfähig, wenn nicht bald Rettung kommt. Was machen? Ich werde bei der SVA telefonisch nachfragen … Diese Wohnung hier möchte ich auf jeden Fall behalten können. Wie ist das möglich?

Ja, der Frühling kommt, das ist wunderbar – doch auch dunkle schwarze Wolken ziehen auf. Ich kann nicht so tun, als gäbe es kein Entsetzen. Mut habe ich wieder, doch ich kann den nicht iks-beliebig strapazieren.

Und dass ich mich auch für Marcel verantwortlich fühle, ist keine Phantasmagorie, wir leben jetzt über zwanzig Jahre zusammen, ich will und kann und werde ihn niemals fallen lassen nur wegen des Geldes. Eher würde ich mein Leben beenden wollen. Liebe zu einem Menschen ist kein hohler, leerer Wahn!

Ich habe in meinem Leben vieles falsch gemacht, es macht mich trübsinnig, dies nicht mehr ändern zu können.

Ich habe nun neunzehn Exemplare des „Oleivo" verschickt, auch an Zeitungen und Zeitschriften – was wird passieren? Wohl nichts.

Andreotti schrieb mir, er konnte den „Oleivo" noch nicht lesen, er liege wegen einer Knieoperation in der Klinik Stephanshorn in St. Gallen. So hat eben jeder seine berechtigte Ausrede, henu.

Vorgestern erzählte mir eine frühere Kollegin, dass ihr im Buchantiquariat meine frühern Lyrikbände „Ich bin Du" (1971) und „Der zärtliche Wahn" (1983) unter die Finger gekommen seien und sie diese zwei Bücher kaufte – doch sie verstehe sie nicht. Ich zuckte nur die Achseln, denn kann sie nicht Deutsch lesen? Es gibt dort keine Fremd- und Fachwörter …

Ich warte nun noch ab, ob sich auf „Nächte des Knurrhahns", „Auf deinen Fingerbeeren tanzt das Weltall" und „Oleivo der Maler" was regt im „Blätterwald", doch ich nehme an: nichts. Ich habe in meinem Leben so viel publiziert, und es blieb nicht folgenlos, immerhin. Doch ich werde müde, weiterhin zu publizieren. Ich habe noch etwa zweihundert Liebesgedichte, „Lichthin in deinen schwarzen Pupillen", doch vorläufig denke ich an keine Publikation. Für wen auch? Ich schreibe noch einige Aphorismen und Koan-nahe Minimalia, doch ob diese je publiziert werden oder nicht, interessiert mich zurzeit kaum. Ich bin nun bald siebzigjährig mit über hundert Publikationen und habe den Punkt erreicht, wo ich einen absoluten Abstand zu meinen Werken habe. Einst war ich wohl der „bekannteste Unbekannte" im Schweizer Schrifttum, doch heute ist mir das einerlei, egal geworden. Ich hatte Vorlesungen in allen grossen deutschsprachigen Städten der Schweiz, doch meine letzte Vorlesung war vor neun Jahren in Rheineck (glücklicherweise kamst Du zu ihr, ich habe Opern mitgebracht).

Jetzt bin ich glücklich, in einer warmen Muschel hausen zu dürfen, Marcel ist nahe, barocke, klassische oder romantische Musik ergreift mein Herz, ich lese, rauche, trinke Rotwein, die Kerze flackert, da habe ich es gut. Ich bin kein Literat, ich bin ein Muschelbewohner, liebe mein Tusculum (à la Cicero). Und ich bin unruhig und ruhig, ohne Leser zu suchen. Mir ist die „Resonanz" absolut unwichtig geworden. Ich spüre, dass ich lebe, und das ist doch etwas Überwältigendes. Klar, auch wenn ich nur noch wenig schreibe, ich SCHREIBE, nur schreibend kann ich mein Leben verstehen, wollen.

Nun habe ich wiederum clavicimbelt, rikonozottelt, rabuzinzzelt, georgelt, gepaukt, Du wirst mich, Ludwig, schon verstehen, ich fühle es, ich weiss es. Mein Brief ist eine kurze Romanze amabile geworden, ein Nocturne, eine Paraphrasierung über mein Ich, über Alles und Nichts, verzeih mir.

Es ist schön, Dir, dem Weisen in Gossau, schreiben zu dürfen, ich danke Dir, dass Du das zulässt.

Ich wünsche Dir von ganzen Herzen eine gute Nacht; ich bewundere Deine Schöpferkraft.

Herzlich grüsst Dein kleiner Paul

12.4.16

Lieber Ludwig

Das halbstündige Interview hinterliess bei mir eine sehr zwiespältige Resonanz; es war eine sehr junge Redaktionspraktikantin, sehr offen und äusserst sympathisch – doch was kann sie mit Literatur anfangen? Hat sie schon mehr als fünf Bücher gelesen? Ich musste das Interview führen, ihre Fragen waren etwas hausbacken, trivial, nicht aufs Wesentliche zielend. Weil ich das ahnte, habe ich ihr einige Antworten schriftlich zugespielt (siehe Anhang), ferner den Flyer „Oleivo" und bat sie (Joye Geisselhardt), möglichst viel daraus zu zitieren.

Vor Jahren hat mich schon einmal eine Redaktionspraktikantin (Leonie Müller) interviewt, und ich redete dort anderthalb Stunden – und es kam ein äusserst dürftiges, nichtssagendes Artikelchen heraus, obwohl ich auf hohem Niveau differenzierte und argumentierte.

Nun, ich schicke Dir dann Joye Geisselhardts Artikelchen, doch ich sehe der Publikation mit Bangen entgegen: Wird, was ich marginal, am Rande locker antönte, wieder ins Zentrum gerückt, und Wesentliches einfach „vergessen"?

Henu, Zeitungsartikel sind Eintagsfliegen, zumal in einer kleinen Regionalausgabe. Da gehen Welten weder auf noch unter …

Ich bemühe mich, sehr sparsam zu leben, doch in drei, vier Monaten – es wird leider konkret – bin ich im roten Bereich und zahlungsunfähig, wenn sich bei mir nicht Mehreinnahmen generieren. Bei der SVA (Sozialversicherungsanstalt) tut sich nichts, ich telefonierte ihr heute, und mir wurde gesagt, die Einsprache ist in Behandlung, man werde mich zu gegebener Zeit unterrichten. Insgesamt werde ich nun bei der SVA dreizehn Monate hingehalten, das ist eine Sauerei, doch ich bin machtlos.

Wie soll ich hier überleben, wenn nicht bald etwas geschieht? Wenn nicht bald Hilfe kommt, muss ich aufgeben. Am meisten macht mir die Wohnungsmiete Angst, die ich bald nicht mehr aufbringe. Ich bin verzweifelt.

Kennst Du „Alexis Sorbas" von Nikos Kazantzakis? Es gibt auch einen berühmten Film; diesen Film sah ich vier- bis fünfmal, das Buch las ich im März 1975, jetzt, 41 Jahre später, lese ich diesen Roman zum zweitenmal: ein Fest!

Ich wünsche Dir eine gute Nacht und eine schöne Zeit, herzlich grüsst Dein Paul

12.4.16

Lieber Ludwig

Ich lese jetzt den über fünfhunderseitigen Roman "Mein Franz von Assisi" von Nikos Kazantzakis, ich bin sehr aufgewühlt, bei Donizettis Dramma Tragico "Maria de Rudenz" – ach wie schön kann doch das Leben sein, herzlich grüsst Paul

Lieber Ludwig

Wirklich, ich bin durchglüht von Dankesgefühlen! Du ermöglichst mir ein schönes Älterwerden in dieser Wohnung, mit meinen Büchern, mit Marcel, mit meinem Schreiben, das jetzt wieder Aufwind bekommen hat. Ich bin voll von positiven Gedanken, denn jetzt bin ich gerettet, ist die Angst, hier diese Wohnung aufgeben zu müssen, vorbei. Von der AHV bekomme ich 2064 Franken, von Dir 800 Franken, das sind 2864 Franken, und dann habe ich vorläufig noch die Nebeneinnahmen von Brändle, wo ich wenige Stunden arbeite, und die Brosmeten, ca. 300 Franken monatlich, so dass ich monatlich Fr. 3164.- Einnahmen habe, und mit denen kann ich leben; ich muss und werde sparsamer leben, will auch monatlich etwa 200 Franken zur Seite bringen für „Eventualitäten" und Rückstellungen (Strom, Heizungsnachzahlung, Mietnebenkostennachzahlung, Steuern usw.). Dank Dir habe ich nun ein schönes (künstlerisches) Altern. Die Gefahr des Selbstmords ist nun 100-prozentig abgewendet; ich möchte wieder leben, Dir Briefe schreiben, „Simon der Dichter" zu Ende schreiben (ich habe jetzt 32 Seiten, er wird etwas umfangreicher als „Oleivo"), das Leben ist herrlich, ich kann nun dank Dir die Miete und alles andere Notwendige bezahlen, kann auch haushälterisch (Essen und Trinken und Rauchen) auf gute Art leben. Ich werde jetzt sehr geplant und beherrscht leben. Du hast mir das ermöglicht. Auch als Lehrer und Korrektor lebte ich stets auf zu grossem Fuss, ich hatte mein Leben lang Geldschwierigkeiten, doch jetzt wird es mir gelingen, in diesem Rahmen auf gut passable Weise zu leben. Meine Ansprüche sind auch kleiner geworden, mit zunehmendem Alter kann ich Mass halten.

Und Deine Beeinflussung, positiv zu denken, geht auch nicht spurlos an mir vorbei; ich durfte durch Deine Bücher vielleicht schon ein, zwei Stufen im Bewusstsein des Geistes höher steigen. Ich liebe und bewundere Deine Bücher, sie bedeuten mir existenziell viel, ich lernte auch schon viel daraus. Die Lesebereicherung Deiner Bücher, die ins Menschliche greifen, ist enorm, auch dafür bin ich Dir sehr dankbar. Zudem sind Deine Bücher, so denke ich, künstlerisch, literarisch auf höchstem Niveau. Nur Nietzsche mit seinem „Zarathustra" kommt an Dich heran … Doch Du bist letztlich der grössere Geist als Nietzsche. Deine Bücher werden je länger je mehr ins Menschliche, ins Geistige ausstrahlen. Doch Du bist sanfter als Nietzsche, und das Sanfte bewegt die Menschenherzen mehr als das Machtvolle.

An diesem kühlen Sonntagnachmittag kann ich längere Zeit in meiner warmen Muschel an „Simon" arbeiten, das mache ich gern.

Ich wünsche Dir einen schönen Sonntag, herzlich grüsst Dein Paul

Lieber Ludwig

Ich habe „Simon der Dichter" heute beendet, ich werde ihn morgen in St. Gallen ausdrucken lassen und korrigieren – dann wäre es schön, wir könnten ihn noch dieses Frühjahr oder im Sommer bei Books on Demand herausgeben, was meinst Du? „Simon" ist noch wilder als der „Oleivo", völlig unlogisch, noch etwas mehr persiflierend, zudem baute ich „Beschwörungsformeln" ein, die vor dreiundzwanzig Jahren in meinem Verlag erschienen sind, leider ohne jeden Nachhall. Ich vertrete noch heute diesen „Wahnsinn". „Simon" ist um fünf A4-Manuskriptseiten umfangreicher als „Oleivo".

Lieber Ludwig, ich sehe klar, ohne Deine Hilfe wäre ich ein Nichts, Du hilfst mir auf verschiedenen Ebenen, jetzt wieder so tatkräftig, das ist für mich ein Wunder, das lässt mich weiterleben.

Ich werde ein paar Unterlagen ans Sozialamt in Rorschach schicken, wie es Du und die Anwältin Frau Guyot sagten, doch ich habe Herzklopfen, denn ich bin auch von meinen sehr kritischen Zeitungsartikeln gegen das Sozialamt ein rotes Tuch für sie; dort regiert immer noch mit militärisch eiserner Hand Herr Huber, der mir auch schon in einem belehrenden Brief über die Missbräuche von Sozialhilfeempfängern belehrte, eine Belehrung, die ich nicht nötig hatte; zudem: Mit Missbräuchen lässt sich nichts Prinzipielles argumentieren und fundieren. Und ich kenne ihre Vorgaben seit Jahren: da gibt es für mich nichts zu holen. Doch ich mache nun diesen Schritt contre coeur und erbitte eine schriftliche Stellungnahme. Auch gesetzlich gesehen, meine ich derart informiert zu sein, dass von dort her nichts für mich drinliegt. Sie sind verpflichtet, das existenzliche Minimun zu leisten, das heisst bei den Sozialen Diensten Rorschach Fr. 750.- Miete, 960 Franken Grundbedarf plus die Krankenkasse, das machte bei mir Fr. 1890.- monatlich, doch ich habe AVH von Fr. 2064.-, also bin ich bereits über dem, was das Sozialamt bieten will. Klar, bei diesem Betrag lebt man unter dem Hund, nicht mehr menschenwürdig in unserer finanziell überrissenen Gesellschaft.

Ich kenne die schmerzliche schwärende Armut von ein paar Sozialhilfeempfängern, auch dass sie als „Faule" stigmatisiert werden, IV-Empfänger haben es ein bisschen milder, doch auch dort herrscht beelendende Armut. In der reichen Schweiz darbt jeder Zehnte in Armut.

Du, lieber Ludwig, verhilfst mir nun, dass ich kein trübes Finish habe, auch als Künstler nicht, obwohl ich in den letzten Jahren zu viel Geld ausgegeben habe. Dank Dir darf ich mich wieder freuen, dank Dir liebe ich das Leben wieder.

Ich habe erfahren, dass Karl Jaspers, der grosse Philosoph (und Psychiater), ein gewaltiger Briefschreiber war, es kommen in den nächsten Tagen drei umfangreiche Korrespondenz-Bände von ihm heraus, die ersten zwei – über Psychiatrie und Philosophie – möchte ich unbedingt lesen (den dritten Band über Politik und die Universitäten brauche ich nicht).

Ach, was gäbe es Schöneres als zu lesen!?

Nun lese ich die Reisenotizen von Henri Michaux, „Ein Barbar in Asien", nachdem ich sein Buch „Ecuador" gelesen habe; nun, ich denke nicht, dass die Europäer gegenüber den Asiaten (Hindus) Barbaren genannt werden müssen, doch die Gegenüberstellung der europäischen und der asiatischen Mentalität, Gesinnungsart usw. ist sehr interessant. Michaux war ein grosser Reisender, ich liebe Henri Michaux sehr, seine Bücher, seine Bilder (er war auch ein veritabler Maler); bekannt ist er auch durch seine Drogenexperimente.

„Oleivo" und „Simon" sind keine Zwillinge, sondern Brüder, mit Nähe und Entfernungen. Ich glaube, schon der „Oleivo" ist etwas Besonderes in der gegenwärtigen Literatur, „Simon" ist noch etwas „verrückter", fantastischer, flammender. Lineares Erzählen mag ich nicht. Der Leser wird wohl konsterniert, perplex sein über dieses Feuerwerk an Kuriosem, schwer Nachvollziehbarem, luftig Jonglierendem und dunkel Raunendem. Jede Logik wurde fft aufgelöst, glühende Chiffren aus dem Unterbewusstsein melden sich. Man darf den „Simon" nicht mit dem „Oleivo" vergleichen, ich halte dafür, dass mir auch der „Simon" in seiner eigenen Art gut gelungen, sinfonisch meisterhaft komponiert erscheint, weit weg vom Diskursiven, vom dualistischen Weltbild, von den manichäistischen Einengungen. Und dass ich mir kein Blatt vor den Mund nehme, holladria, das gehört halt zu mir. So habe ich auch keine Scheu, vom Sexuellen zu reden. resp. Simon sprechen zu lassen – und dass ich Simon bin und gleichzeitig überhaupt nicht, gehört zu meinem Vexierspiegel, zu meinem sanften Coup de main, zu meiner Windhose, zu meinem Tritonshorngeschmetter, zu meinem neuen sanften Gespinst des konkreten Lebens.

Nun wünsche ich Dir nach diesem wunderbaren sonnigen Auffahrtstag einen schönen Abend, herzlich grüsst Dein Paul

Lieber Ludwig

Ich habe heute in St. Gallen den "Simon" ausdrucken lassen, ich werde ihn in den nächsten Tagen durchkorrigieren; es sind 50 A4-Seiten, das ergibt bei BoD etwa 94 Seiten.
Darf ich dieses Buch nochmals mit Dir machen? Ich kann Dir dann die vollständige Word-Datei schicken. Ich wünsche Dir von Herzen ein ganz schönes Wochenende,

                         tief grüssestens Dein Paul

Lieber Ludwig

Was ist der SIMON im Roman „Geschwister Tanner" von Robert Walser doch für ein liebenswerter Mensch, oder SIMON Dach, Professor für Poesie in Königsberg, der geistliche und weltliche Lieder schrieb (1605 bis 1659), oder Claude SIMON, der 1985 den Literaturnobelpreis erhielt, oder Neil SIMON, der amerikanische Schriftsteller, der Boulevardstücke schrieb, oder Pierre Henri SIMON, der 1966 in die Académie française berufen wurde, Professor für französische Literatur in Lille, Gent und Freiburg, der Gedichte, Essays und Romane schrieb, ha, und der Emmentaler Mundart-Schriftsteller SIMON Gfeller („Chrütli und Uchrütli"), und jetzt kommt noch SIMON der Dichter – eine ganze Literaturepoche wird einmal so benannt werden, *die Zeit von Simon des Dichters*. Meine Nachfahren werden zuhauf SIMONIADEN dichten, wenn das SIMON-Virus einmal um sich greift, gibt es kein Zurückhalten mehr, sondern nur das SIMON-Ausgeliefertsein. Ich gehe jetzt natürlich täglich mehrmals ins Internet, um die ersten

218

SIMON-des Dichters-Spuren zu sichten. Vielleicht verdunkelt sich die Sonne, oder eher noch, sie wird eine Supernova und verbrennt alles, rübisstübis (mundartgeraubaukelt). Es gibt kein Entkommen, SIMON der Dichter kommt! Lies dann nur alles, lieber Ludwig, Du kennst einige Elemente, doch es hat genügend Neues! Ich glaube, ich werde verrückt, was aber nur ein angemessener Zustand wäre in den Vortagen und Vornächten von SIMONS Kommen. Ich denke mir, wir sind alle zu normal, wie ist der Wahnsinn doch schön! Und im SIMON dem Dichter finden sich ein paar Granulatkörner Wahnsinn, gottseilobesamdank. Wer ist mir lieber, OLEIVO oder SIMON? Da müsste ich würfeln … Der Jüngstgeborene hängt einem ja immer ganz besonders am Herzen. Was für ein Tuttifrutti dieser Brief ist, Du wirst lachen. Mit SIMONesken Grüszen, Simon der Dichter

(Das ist natürlich eine Burleske.)

23. 5.2016

Lieber Ludwig

Franz Grillparzer schrieb das Epigramm zu Hegel in sein Tagebuch: „Was mir an deinem System am besten gefällt? / Es ist so unverständlich wie die Welt." (Als Zitat gefunden in Hermann Lenz' Frankfurter Vorlesungen „Leben und Schreiben".) Ein Lesefest!

Ich beginne heute Nacht mit der Romanlektüre von Christoph Martin Wieland, „Der Sieg der Natur über die Schwärmerei oder DIE ABENTEUER des DON SYLVIO VON ROSALVA", sobald ich das Hermann Lenz'

Büchlein mit seinen Frankfurter Vorträgen zu Ende gelesen habe. Herrgottschtärnechaibnochmals, wie ist die Literatur doch H E R R L I G G !

Ich „plange" (dieses Wort gibt es wohl nicht, ich weiss es nicht) jetzt jeden Tag darauf, dass „Simon der Dichter. Teilsichten aus einem Künstlerleben" kommt, es wird wohl etwa zwei Wochen dauern. (Es ist die dritte Publikation dieses Jahres – nach den Liebesgedichten „Auf deinen Fingerbeeren tanzt das Weltall" und „Oleivo der Maler. Passagen aus einem Künstlerleben" – und wohl die letzte (in diesem Jahr).)

Die letzten etwa 200 Liebesgedichte „Lichthin in deinen schwarzen Pupillen" plane ich auf Anfang des Jahres 2017.

Inzwischen habe ich den „Don Sylvio" zu lesen begonnen, ich glaube, das wird herrlich (bei genügender Geduld).

Ich wünsche Dir, pèlerin (Pilger), einen frühlingsblühenden Abend, herzlich grüsst Dein Paul

P.S.: Jetzt höre ich Verdis vieraktige Oper „I Lombardi" mit Christina Deutekom als Giselda, Placido Domingo als Oronte, Ruggero Raimondi als Pagano, Jerome Lo Monaco als Arvino und Desdemona Malvisi als Viclinda, Dirigent Lamberto Gardelli, ich bin fast fiebrig aufgewühlt vor Begeisterung!

Lieber Ludwig,

heiliger Ludovico: meine Dankgefühle Dir gegenüber
sind existenziell: Du hilfst mir auf eine grosszügige,
feine Art, ich werde Dir mein Leben lang dankbar sein.

Heute las ich bei einem Schluck Wein, Pfeife rauchend,
die Kerze flammte froh auf, bei Brahms meinen „Simon
der Dichter" nochmals von A bis Z, und ich darf sagen,
er gefällt mir. Für einen Leser kann die Sprunghaftigkeit
des Werks u.U. Schwierigkeiten bieten, doch ich wollte
es nicht anders. Ich baute bewusst einige Granulat
„*Wahnsinn*" ein, die alle bürgerlichen Normalvorstel-
lungen sprengen in einem fiebrigen Staccato ohne Satz-
zeichen – hast Du meinen „Simon" schon integral gelesen? Mein „Simon" ist absolut subjektiv und moralfrei,
wie ich sonst kein anderes Werk kenne. In der rabaukeln-
den Hemmungslosigkeit und Fantastik findet sich strin-
gente Freiheit des Denkens und Fühlens, des Mitteilens.
So gesehen, geht mein „Simon" noch ein paar Schritte
weiter wie „Oleivo"; sicher ist, „Simon" steht nicht im
Schatten von „Oleivo", er strahlt genügend Eigenes aus.

Zu meinem Malerbuch („Oleivo der Maler") und Dich-
terbuch („Simon der Dichter") könnte ich mir ein Musi-
kerbuch („Vincenzo der Musiker") vorstellen, doch ich
glaube nicht, dass es dazu kommen wird, ich schüttle
schliesslich die Bücher auch nicht aus dem Ärmel. Die
Malerei war mir wohlbekannt (ich malte zu Beginn meines Lebens auch), das Dichten war ein Leben lang mir
zugehörig – doch bei der Musik, die wohl auch zu meinem Leben gehört, war ich eigentlich immer nur Zuhörer, da fehlt mir das Basiswissen, um aus dem Vollen
schöpfen zu können. Ich schrieb vorgestern Nacht eine

Brosmete „Vincenzo der Musiker", ich schicke sie Dir bald, doch sie wird keine Fortsetzung erfahren.

Vielleicht darf ich noch meine letzten Liebesgedichte (etwas 200) publizieren – „Lichthin in deinen schwarzen Pupillen" – doch jetzt geht es mir bald um die Auslieferung von „Simon". Dann hätte ich nichts mehr zu publizieren „zwäg", und ob ich nochmals ein neues Buch schreibe, glaube ich zurzeit weniger. Meine Schöpfungskraft ist angeknackst. Ich fühle mich ausgebrannt.

Ich bewundere Deine unverdrossene, ungebrochene Schöpfungskraft – Du schaffst aus dem Sein. Ich schaff(t)e aus den Bruchstücken meines Lebens. Dein Feuer – die Veredelung des Menschen Geist – kennt keine Abnützung; meine Liebesgedichte haben mich völlig abgenützt.

Meine schwachen Kräfte reichen wohl zu keinem neuen Werk mehr. Ich bin wie ein Feuerwerkskörper ausgebrannt. Du schöpfst aus andern Tiefen, die ich bewundere, doch mir noch nicht so zugänglich sind. Ich sehe unsere Unterschiede. Doch ich habe gebrannt, das steckt in meinen Werken.

Wichtig ist nun für mich, dass ich den Modus vivendi finde, weiterhin zu leben, auch mit meinen geringen finanziellen Mitteln. Ich gebe mir grosse Mühe. Wenn Du mir hilfst, bis das Versicherungsgericht urteilt, ist das für mich ein Wunder. Nachher sehen wir, sehe ich weiter.

Dass Du mir nicht beliebig lange weiterhelfen kannst, sehe ich, akzeptiere ich. Doch bis das Versicherungsgericht urteilt, vergehen noch manche Monate … Darf ich in dieser Zeit auf Deine Hilfe hoffen?

Ich wage nicht zu denken, was ist, wenn das Versicherungsgericht alles ablehnt.

Heute beginne ich mit der Lektüre von Wielands Hauptwerk, der „Geschichte des Agathon", ein dem klassischen sich näherndes Humanitätsideal, das um harmonischen Ausgleich zwischen Sinnlichkeit und Vernunft bemüht ist; das Spielerische, Komödiantische, Dionysische bestimmt auch den Bildungs- und Erziehungsroman „Agathon", ich freue mich riesig auf dieses riesige Werk.

Mein Gott, wie ist das Leben schön – besonders mit guten Büchern.

Herzlich grüsst Dein uralter Paul

Zeitungsartikel

Simon der Dichter

vom in Rorschach lebenden Basler Lyriker und Schriftsteller Paul Gisi (wir haben ihn resp. sein Buch „Oleivo der Maler. Passagen aus einem Künstlerleben" am 19. April 2016 umfänglich dargestellt) ist ein neues Prosabuch erschienen: „Simon der Dichter. Teilsichten aus einem Künstlerleben".

„Es ist ein Fest, die ganze Welt an sich vorbeiziehen zu lassen, ohne einen Schritt machen zu müssen." Simon ist ein Reisender – im Drehfauteuil! An einer Stelle sagt er: „Ich will nun nicht zu tiefsinnig werden, doch wenn ich die Welt betrachte mit all ihrer Vernunft, wird mir angst und bang." „Heute reise ich, Simon, mit Nikos Kazantzakis in den ‚Felsengarten', ich habe mir soeben eine neue Pfeife angezündet, das Weinglas gefüllt, schwenke im Drehfauteuil ein paar Zentimeter nach links und nach rechts, und los geht die Weltreise nach Japan und China, dazu höre ich Pjotr Iljitsch Tschaikoswkjis Klavierkonzerte."

Der Leser begegnet einer überbordenden Fülle an Fantasien und skurrilen Erlebnissen. Was für eine Leselust!

(Das Buch ist im Internet bestellbar oder lieferbar durch jede Buchhandlung.)

15.6.16

Lieber Ludwig

ich schicke Dir mein Word-Dokument „Lichthin in deinen schwarzen Pupillen", es umfasst meine letzten Liebesgedichte. Für mich wäre es ein Fest, dieses Buch bei Books on Demand zu machen – dafür gäbe es nächstes Jahr keines. Es hätte wieder ein Inhaltsverzeichnis. Und mein Dokument ist so, dass pro Seite zwei Gedichte sind, wäre dies so einlesbar? Du hast jetzt bereits vier Bücher bei Books on Demand für mich gemacht, was meinst Du, liegt ein fünftes noch drin? Du darfst es mir offen sagen (für nächstes Jahr kommt dann keines mehr.)

Ich bin gespannt, was Du sagst; gewiss ist, lieber Ludwig, ich verstehe, respektiere Deine Antwort ohne Einschränkung. Gell, ich überfordere Dich nicht?

Heute geht es mir wieder viel besser, ich atme auf.

Ich wünsche Dir einen schönen Abend, ich mag Dich, Ludwig, als Freund und Bruder sehr. Herzlich grüsst Dein Paul

16.6.2016

Lieber Ludwig,

da es mir besser geht (noch nicht ganz gut), sieht die
Welt gerade wieder besser aus ... Bis auf einen Schnup-
fen geht es mir wieder gut, psychisch bin ich etwas angeschlagen, doch das gibt sich schon wieder.

In den letzten Tagen las ich hauptsächlich Wieland, zwischendurch in der Korrespondenz von Karl Jaspers, die
ich hochinteressant finde. Und die Gedichte von William
Butler Yeats geben mir auch Kraft. Werner Bergengruen
war immer ein Schriftsteller, den ich hoch schätzte;
heute will ich in seinen Aufzeichnungen und Reflexio-
nen zu Politik, Geschichte und Kultur 1940 bis 1963,
„Schriftstellerexistenz in der Diktatur" lesen, mit besten
reichhaltigen Kommentaren der Herausgeber versehen.
Ich nehme an, Du kennst Werner Bergengruen – und
magst ihn vermutlich auch. Bekannt ist er besonders
durch seine Novellen, historischen Romane und Gedichte.

Wielands weitschweifige Romane sind ein philosophischer Genuss zu lesen. Er berührt das Beste im Menschen. Wieland sagte selbst einmal, er könne nichts Kurzes schreiben, er holt immer weit aus: doch das ist grosse
Kunst!

In diesen recht schwierigen Tagen und Nächten für mich
denke ich viel an Dich, Ludwig; Du gibst mir Kraft und
Mut. In Deinem Buch „Nimbus der Verklärten" finde ich
so viele Stellen, die mich bewegen, „zwischen helleren
und dumpferen Bewusstseinsstufen, (...) in der Klarsicht
des Erkennens" (Seite 97 unten). Es ist für mich ein Le-
bensbuch geworden.

Vielleicht kann ich die Psychopharmaka wieder einmal absetzen, doch zurzeit bin ich froh, sie nehmen zu können gegen meine Ängste.

Marcel war auch einige Wochen krank, doch es geht ihm jetzt wieder besser; nun müsste nur noch der Frühling mit Sonne anstatt Regen mitspielen … Ich erlebe einfach wieder einmal, dass die Sonne ein lebenserhaltendes Element ist, von dem wir wesentlich abhängen. „Lichthin in deinen schwarzen Pupillen"!

> „Wir fahren auf
> dem Ozean der Zeit
> durch Millionen
>
> Die Schale unsres Bootes
> wird vom Sein
> zur Ewigkeit getragen"

lese ich bei Dir in „Wohlklang singender Schalmeien" (Seite 116): was für ein bereicherndes Lesefest!

Ich bin so glücklich und dankbar, dass wir uns kennen dürfen. Was wäre mein absterbendes Leben ohne Dich? Nicht vorstellbar.

Kein Mensch ausser Dir hat innerhalb so kurzer Zeit so viele Bücher publiziert, Du bist genial – bewusstseinserhellend. Dein Schreiben ist hoch dichterisch und philosophisch, menschenbegleitend, menschenführend. Du wirst einmal weltbekannt als Lichtgestirn strahlen, wirst jene Position einnehmen, die Dir als Jahrhundertgenie gebührt.

Ich bleibe das, was ich bin: ein lyrisches Glühwürmchen in Deinem Schatten. Doch das ist schon viel!

Ich wünsche Dir einen beseligend schönen Abend und ein gutes Wochenende, herzlich grüsst Dein kleiner Paul

Lieber Ludwig

Marc-Antoine Charpentiers „Te Deum", Allessandro Scarlattis „Stabat Mater", Guillaume Dufays „Missa Sine Nomine", Beethovens „Messe in -Dur op. 86", Jean Gilles „Requiem" sind meine geliebten Begleiter heute Nacht, ich bin entzückt. Dazu dampfe ich wie ein Pirat meine Pfeife und trinke wie ein Mönch Wein.

Die Konjunktion – die Stellung zweier Gestirne des Geistes und der Seele im gleichen Längengrad – ist in der Balance der Kunst und der Liebe. Fürwahr, es gilt, die Augen und die Ohren leidenschaftlich offen zu halten. Wortostinat, farbendominant, toninflammabel.

Blauaufgerauhter Horizont
überm Strom
der Nacht –
im Seerosentraum
ruht sich
das Weltall aus

*

Ich erkunde
die Milchstrassen
in mir –
die Wege sind feurig

*

Aufschrei
des Lebens
du reisst mich
aus dem Schlaf
in den Sphärenklang
der dunklen Nacht

Nachbemerkung

Lieber Ludwig

Seltsam, diese Briefe aus frühern Jahren stürzten mich in ein seelisches Loch, sie haben weit nicht überall jene geistige Dimension, die ich anzutreffen hoffte. Am besten sind sie dort, wo ich fast etwas „wahnhaft" war; es macht mich aber glücklich, dass meine Bewunderung zu Dir und zu Deinen Büchern derart oft erwähnt wird, für mich hat das eine unwankbare Gültigkeit. Und dass dies nun dokumentiert wird, ist mir eine grosse Freude.

Ich denke mehr und mehr, dass es im Grunde keine Vernunft, keine Rationalität gibt, sondern nur Irrationalität, und dass es des Künstlers unabdingbare Obliegenheit ist, davon zu reden; eine Philosophie im 21. Jahrhundert kann nur aphoristisch sein, eine *Annäherung* von Sinn und Widersinn. Das dialektische Denken – These, Antithese, Synthese – taugt nicht mehr, man muss so weit kommen, das Offene offen sein zu lassen. Nur das Frag-Würdige ist zutiefst haltbar, Antworten werden sehr schnell überholt und revisionsbedürftig sein. Vielfach steckt alles noch im euklidischen Denken, was, geisteswissenschaftlich gesehen, nur noch für die Historie, die Rumpelkammer von Interesse sein kann. (Ich meine den griechischen Philosophen Euklid von Megara, der um 300 vor Christus in Alexandrien lebte – und nicht den Mathematiker Euklid –, der Gott, das Gute, Einsicht und Vernunft identisch betrachtete, was heute leider als nicht haltbare, idealisierende Schönfärberei verworfen werden muss.)

Oftmals komme ich in diesen Briefen nicht derart zur Sprache, wie ich es eigentlich wünschte. Sie handeln dafür etwas litaneihaft von meinem kleinen Alltag, meinen Überlebensnotwendigkeiten und von meinen Begeisterungen, sie sind Aufhellungen und Verdunkelungen des

Augenblicks. Alles in allem darf man sie bestehen lassen, sie so nehmen, wie sie sich eben darlegen. Sie werden zu meinem „Lebensabenteuer" zählen, in diesem Sinn akzeptiere ich diese Aspekte, diese Facetten meines Lebens voll.

Im März 2018   *Paul*